# 中国历代宴饮诗

# 花下醉

宋红　选注

辽宁人民出版社

图书在版编目（CIP）数据

花下醉：中国历代宴饮诗 / 宋红选注. — 沈阳：辽宁人民出版社，2018.10（2024.1 重印）
（中国历代古诗类选丛书）
ISBN 978-7-205-09349-5

Ⅰ.①花… Ⅱ.①宋… Ⅲ.①古典诗歌–诗集–中国 Ⅳ.①I222

中国版本图书馆 CIP 数据核字(2018)第 162875 号

出版发行：辽宁人民出版社
地址：沈阳市和平区十一纬路 25 号　邮编：110003
电话：024-23284321（邮　购）　024-23284324（发行部）
传真：024-23284191（发行部）　024-23284304（办公室）
http://www.lnpph.com.cn
印　　刷：辽宁新华印务有限公司
幅面尺寸：145mm×210mm
印　　张：8.25
字　　数：175 千字
出版时间：2018 年 10 月第 1 版
印刷时间：2024 年 1 月第 3 次印刷
责任编辑：娄　瓴
助理编辑：贾妙笙
装帧设计：丁末末
责任校对：金丹艳
书　　号：ISBN 978-7-205-09349-5

定　　价：70.00 元

清　黄慎　春夜宴桃李园图轴

明　文徵明　兰亭修禊图卷

明　唐寅　仿韩熙载夜宴图卷　局部

清　华嵒　春宴图轴

清　原济　醉吟图轴

明　陈洪绶　饮酒读书图轴

“何事文星与酒星，一时钟在李先生。高吟大醉三千首，留著人间伴月明。”这是唐代诗人郑谷《读李白集》绝句。诗与酒，在李白几乎是不可分开的，所以被称为“诗酒英豪”。饮酒赋诗并非太白独然，可以说但凡诗人，率皆如此。我国是源远流长的诗国，又是历史悠久的酒国，在这样的国度里，诗与酒是经常结合在一起的，于是产生了大量描写宴集饮酒，借酒抒情的宴饮诗。

宴饮有的是政治性的活动，反映这类活动的诗往往具有改善君臣关系或外交关系的政治内容。本书所选第一篇《诗经·小雅·鹿鸣》便是一首具有政治意义的宴饮诗。这是周王朝宴饮群臣宾客时的乐歌，其首章曰：“呦呦鹿鸣，食野之苹。我有嘉宾，鼓瑟吹笙。吹笙鼓簧，承筐是将。人之好我，示我周行。”从诗中可以看出，宴饮的目的首先不是为了娱乐，而是为了沟通君臣间的感情，计议治国良策。春秋战国时代，各国使臣（史称“行人”）来往频繁，“饮酒赋诗”成为外交场合表达思想的重要手段，即饮酒时吟诵《诗经》中诗句，并用“断章取义”的办法赋予诗以新的内涵，形成一种特殊的外交辞令。因不是自创的宴饮之作，此且不多论。本书所选隋炀帝《云中受突厥主朝宴席赋诗》极写宴席场面的盛大，则确是涉及外交的宴饮诗。自《诗经》始，各代都有反映君臣会饮的作品，武则天与李峤、苏味道等人的石淙会饮即是一例。石淙山位于河南登封东南三十五里，属嵩山东脉，峰峦叠耸，溪流纵横，水石变化万端，蔚为奇景。久视元年（700）夏四月，武则天一行到此间三阳宫避暑，君臣赋诗饮酒，游赏山水，记其盛事的石刻至今犹存。历代君王的赐宴诗、朝臣的侍宴诗很多，因杂有功利的目的或应酬色彩，绝少优秀之作。所选唐李适《侍宴安乐公主新宅应制》，是这类宴饮诗中艺术性较高的一篇。

宴饮有的是朋友间的宴集，因这种宴集所作的诗则具有交谊的内容。历史上最为著名的宴集是兰亭宴集。东晋永和九年（353）三月三日，大书法家王羲之、政治家谢安等四十一人会聚于山阴（今浙江绍兴）兰渚亭，修祓禊之礼。他们流连风景，畅叙幽情，浮觞曲水，即兴赋诗，本书所选谢绎、徐丰之的《兰亭诗》即是盛会上所作。王羲之为这次兰亭宴集之诗作序曰："永和九年，岁在癸丑。暮春之初，会于会稽之兰亭，修禊事也。群贤毕至，少长咸集。此地有崇山峻岭，茂林修竹，又有清流激湍，映带左右，引以为流觞曲水，列坐其次。虽无丝竹管弦之盛，一觞一咏，亦足以畅叙幽情"云云。兰亭盛会，风流儒雅，传为佳话，兰亭诗序，笔态萧洒，推为名帖（真迹已随唐太宗葬入昭陵，今有摹本传世）。此外，香山九老之会也是诗人行联谊之饮的一段佳话。据《唐诗纪事》载，白居易与胡杲、李元爽等高寿诗友共九人于会昌五年（845）夏在洛阳举行九老尚齿之会，会上赋诗饮酒并绘有《九老图》。白居易《九老会》[1]诗吟道："七人五百八十四，拖紫纡青垂白须。囊里无金莫嗟叹，樽中有酒且欢娱。”表现交谊的宴饮诗很多，唐李白以“但使主人能醉客，不知何处是他乡”（《客中作》）答谢主人的礼遇；明高启以“一杯相属成知己，何必相逢是故人”（《逢张架阁》）表达结识新友的喜悦；清查慎行以“惭愧贫交分一斗，为余亲典黑貂裘”（《沧州阻风谢别峰同年饷酒》）记述朋友的情义；厉鹗则在朋友聚饮时吟出怀念亡友的诗句：“石仲容今呼不起，与君狂语倩谁降”（《同江皋饮吴山酒楼怀亡友石贞石》）。

宴饮有的是为了借酒助兴或借酒消愁，这类的饮酒诗具有抒发性情的内容。唐韩愈《醉赠张秘书》描写了他与张署、孟郊、张籍等几位文友的“文字饮”。他们在酒宴上切磋诗文，诗借酒力，酒助诗兴，使酒宴显得非常高雅：“所以欲得酒，为文俟其醺。酒味既冷冽，酒气又氛氲。性情渐浩浩，谐笑方云云。此诚得酒意，馀外徒缤纷。”而李白的《月下独酌》则表现出借酒消愁的落寞：“花间一壶酒，独酌无相亲。举杯邀明月，对影成三人。月既不解饮，影徒随我身。暂伴月将影，行乐须及春。”抒发性情的宴饮诗内容繁富，晋陶渊明以“且共欢此饮，吾驾不可回”（《饮酒》其九）表现他不同流俗的清高；唐刘叉以“酒肠宽似海，诗胆大于天”（《自问》）表现他桀骜不驯的性格；宋苏轼以“还来一醉西湖雨，不见跳珠十五年”（《与莫同年雨中饮湖上》）表现他对宦海沉浮的感慨；更有清末秋瑾女士“不惜千金买宝刀，貂裘换酒也堪豪。一腔热血勤珍重，洒去犹能化碧涛”的《对酒》诗，表现出她对民主革命事业的执著追求。

宴饮的形式是多样的，宴饮诗的内容是丰富的，但无论形式或内容，各个时代又体现出各自不同的特点。例如先秦时代的宴饮诗往往带有较多的政治色彩，并与祭祀方面的各种仪礼相关联；唐代的宴饮诗偏重于抒发性情，体现着唐代人朝气蓬勃、乐观向上的进取精神；宋代的宴饮诗则更多地体现出人际关系方面的内容。同样写饮酒，唐人重数量，宋人重质量。李白的理想是“百年三万六千日，一日须饮三百杯”，仿佛不如此饮、不如此写，便不足以抒发性情。苏东坡饮酒则讲究品种与质量。他曾自酿桂酒、橘酒，在杭州时常载酒泛舟于西湖上，用大荷叶盛酒，将叶柄用簪子穿通，弯过来吸饮。这样饮酒，可使酒染上荷叶的清香，唐人大约是不耐烦作如此饮的。由此可见出人们对物质文化要求的改变，也可见出唐宋宴饮诗风格之不同。

今天，宴饮仍然是人们生活中常见的活动，有些人因酒助兴，还会写起宴饮诗来。为了让读者增添点酒兴诗情，也为了从中得到欣赏和借鉴，我们选出了自先秦至清代有关宴饮的佳篇一百二十余首，并作了简略的注释。注文除了注明文义外还着重介绍了有关饮酒的一些知识。酒依制作方法论有酿造酒和蒸馏酒两大类。酿造酒属于黄酒一类，主要以大米为原料；蒸馏酒即通常所说的白酒，主要以高粱为原料。研究者根据出土金代文物中的蒸馏锅推断，白酒是南宋时期才开始出现的。以酿造酒为酒基，浸以植物的根、茎、叶、花、籽，又可制成各色各样的浸制酒，如屠苏酒、雄黄酒、茱萸酒、竹叶酒、菊酒、桂酒、五加皮酒。此外还有各种以果物酿制的酒，如葡萄酒、橘酒、荔枝酒、椰子酒等，这些在我们的选本中大多都已涉到。酒有许多别称，围绕着酒还有许多美妙的传说和动人的趣话，我们都在注文中加以介绍和说明。如果您在温馨的家宴上、热闹的酒席间，能忆起些许古人饮酒的佳话和关于酒的诗句，那一定会给您的宴饮增添几分豪兴和雅趣。

宋 红

1 题为《九老会》，实是当年春日七老相会时作，夏，九老相会时又于诗后补一七绝，并题作《九老会》。见《唐诗纪事》卷四九。

但能有酒邀佳客
更遣栽花续好春

清 戴熙 行书七言联

目录

秋菊有佳色裛露掇其
英汎此忘憂物遠我遺
世情一觴雖獨進杯盡
壺自傾日入羣動息歸
鳥趨林鳴嘯傲東軒
下聊復得此生

子昂

元　赵孟頫　陶诗饮酒第六首页

# 鹿鸣[1]

［先秦］

《诗经·小雅》

呦呦鹿鸣[2]，食野之苹[3]。我有嘉宾[4]，鼓瑟吹笙[5]。吹笙鼓簧[6]，承筐是将[7]。人之好我，示我周行[8]。

呦呦鹿鸣，食野之蒿。我有嘉宾，德音孔昭[9]。视民不恌，君子是则是效[10]。我有旨酒[11]，嘉宾式燕以敖[12]。

呦呦鹿鸣，食野之芩[13]。我有嘉宾，鼓瑟鼓琴。鼓瑟鼓琴，和乐且湛[14]。我有旨酒，以燕乐嘉宾之心。

## 注释

1　这是周朝宴饮群臣宾客的一首宫廷乐歌。其乐曲直至魏、晋以后才失传。诗以鹿得苹草，呼伴共食起兴，表现出主人愿与宾客共享美酒、共享安乐的深情厚谊。从诗意可以看出，宴饮的目的首先不是为了娱乐，而是为了沟通君臣间的感情，计议治国良策。三国时，求贤若渴的曹操很喜欢《鹿鸣》，曾将首四句径写入自己的《短歌行》。

2　呦呦（yōu）：鹿鸣声。

3　苹：又称籁萧、藾蒿，即蒿草中的青蒿。嫩时人亦可食，俗称“蒿子秆儿”。

4　嘉宾：贵客。朱熹注曰：“或本国之臣，或诸侯之使也。”

5　瑟、笙：乐器。瑟与三章中的“琴”是弦乐器，笙是管乐器。据《周礼》卷四载，周王朝的宫廷宴会有“以乐侑食”的制度，至宴罢撤除食具后音乐方可停止。

6　鼓簧：即吹笙。簧是笙中主发音的簧管、簧片，以长短、薄厚的不同别出音高。

7　承筐是将：意谓以筐盛钱币、织物行于席间以劝酒。承，持奉；将，行也。

8　“人之好我”二句：是主人对宾客发出的恳请。意思说：假如诸位爱护我，请献出兴邦治国的良策！周行（háng）：本是连通周王朝与诸侯国的平坦大道，此代指政治上的大道理。

9　德音孔昭：德高望重。孔，非常；昭，显著。

10　“视民不恌”二句：言嘉宾的品德声望足以示民，使百姓不轻薄，并作为君子学习的榜样。视，古与“示”通；恌（tiāo），苟且、轻薄。《左传·昭公十年》曾引“德音孔昭，视民不恌”两句，说明“周公飨义，鲁无义”。

11　旨酒：美酒。

12　式燕：即宴饮。燕，同“宴”；式，语气词，无实际意义。

13　芩（qín）：朱熹注曰：“草名。茎如钗股，叶如竹，蔓生。”疑指苹蒿类植物。

14　湛：清爽，深厚。言宴饮已酣。

| 延伸阅读 |

持鳌拍浮

毕卓字茂世，为吏部郎。尝手持蟹螯，一手持酒杯；拍浮酒池中，便足了一生。

# 宾之初筵[1]

[先秦]

《诗经·大雅》

宾之初筵[2]，左右秩秩[3]。笾豆有楚，殽核维旅[4]。酒既和旨[5]，饮酒孔偕[6]。钟鼓既设，举酬逸逸[7]。大侯既抗[8]，弓矢斯张。射夫既同[9]，献尔发功[10]。发彼有的，以祈尔爵[11]。

籥舞笙鼓[12]，乐既和奏[13]。烝衎烈祖[14]，以洽百礼[15]。百礼既至，有壬有林[16]。锡尔纯嘏[17]，子孙其湛[18]。其湛曰乐，各奏尔能[19]。宾载手仇[20]，室人入又[21]。酌彼康爵[22]，以奏尔时[23]。

宾之初筵，温温其恭[24]。其未醉止[25]，威仪反反[26]。曰既醉止，威仪幡幡[27]。舍其坐迁，屡舞僊僊[28]。其未醉止，威仪抑抑[29]。曰既醉止，威仪怭怭[30]。是曰既醉，不知其秩[31]。

宾既醉止，载号载呶[32]。乱我笾豆[33]，屡舞僛僛[34]。是曰既醉，不知其邮[35]。侧弁之俄，屡舞傞傞[36]。既醉而出，并受其福。醉而不出，是谓伐德[37]。饮酒孔嘉，维其令仪[38]。

凡此饮酒，或醉或否。既立之监，或佐之史[39]。彼醉不臧，不醉反耻[40]。式勿从谓，无俾大怠[41]。匪言勿言，匪由勿语。由醉之言，俾出童羖[42]。三爵不识，矧敢多又[43]。

## 注释

1　这是一首描写宴饮场面的诗。诗以亦庄亦谐的笔墨讽刺了酒后失仪、失言、失德的种种醉态，提出反对滥饮的主张，在今天仍有现实意义。

2　筵：酒席。筵之原义为铺在地上的竹席，后词义发生转化，以宴饮的坐具指代酒宴本身。

3　秩秩：秩序井然。

4　笾（biān）豆：竹制、木制的食器。豆多用以盛肉，笾多用以盛果，故诗以“殽（yáo，肉殽）、“核”（指水果）指其中所盛之物。楚：排列整齐貌。旅：陈放。

5　和旨：言酒的柔和淳厚。

6　孔偕：非常一致。

7　醻：酒杯。逸逸：形容场面盛大而有秩序。

8　大侯：君王所用的箭靶。白色，以熊皮制成。抗：举起。

9　射夫既同：言射手已找好竞技对手。

10　献尔发功：言射手都想显示一下自己的本领。

11　“发彼”二句：射中箭靶者可以罚输者饮酒。的：箭靶。爵：酒杯。此章写燕射饮酒的情况：宾客有秩序地登上筵席，席间整齐地陈放着丰盛的食物，在侑酒的钟鼓乐中，畅饮美酒，举行射礼，气氛活跃而又彬彬有礼。

12　籥（yuè）：商周时期的管乐器。有研究家认为是排箫的前身。籥舞：又称文舞。舞时执籥和鸟羽（翟）。另有执干戚而舞者，曰武舞。

13　和奏：合奏。联系上篇《鹿鸣》考察，周朝的器乐合奏已具备弦乐、管乐、打击乐三大类。

14　烝衎（kàn）烈祖：言用音乐、舞蹈娱悦祖先的灵魂。烝，进奉；衎，和乐；烈祖，开创基业的祖先。

15　洽：应合。百礼：各种祭祀的礼仪。

16　壬：隆重。林：繁多。

17　锡：同“赐”。纯嘏（gǔ）：极大的幸福。嘏，福。

18　湛：清爽。此有欢乐意。

19　各奏尔能：言各尽敬神饮酒之事。

20　手仇（jū）：伸手从尊中舀酒。仇，通“斞”（jū），挹、酌之意。

21　室人：席间供酒的人。

22　康爵：大酒器。《礼记》“宗庙之祭，贵者献以爵”，汉郑玄注曰：“凡觞一升曰爵。”东汉时一升相当于今天的198.1毫升。

23　尔时：指祭祀之时。此章写祭祖之饮，场面热烈欢快而有礼仪。诗以一、二两章的饮而有礼，反衬下面所要谴责的饮而无礼。

24　温温其恭：言宾客开始饮酒时，一副温文尔雅的谦恭神态。温，温和。

25　止：语气词，表示一种肯定的语气，下同。

26　反反：慎重和善。

27　幡幡：举止轻浮。

28　“舍其坐迁”二句：离开座位，手舞足蹈。僊僊，动作飞扬，略带轻狂之态。

29　抑抑：有节制，有控制。

30　怭怭：轻佻。

31　此章写醉后失仪之状。

32　载号（háo）载呶（náo）：又呼又叫。载，语气词；呶，喧闹声。

33　乱我笾豆：犹云“杯盘狼藉”。

34　屡舞僛僛（qī）：手足乱舞，体态歪斜。僛僛：倾侧貌。

35　邮：通“尤”，过错。

36　“侧弁”二句：言不停地手舞足蹈，以至帽子都歪了。傞傞（suō），不停止；俄，歪、倾。

37　“既醉”四句：言醉后应即离席，于己于人均有益；醉后不退，醉态百出，便是失德。伐，损害。

38　“饮酒孔嘉”二句：饮酒所以是一件非常愉快、美好的事，就在于有礼有仪。此章极写宾客烂醉中的种种丑态。

39　“凡此饮酒”四句：言席间饮酒，有醉与不醉者，当设立酒监、酒史严加监督和记录，以防止酒后失礼。

40　“彼醉”二句：言不应让醉者不以为耻，不醉者反感羞愧。臧，善、好。

41　“式勿从谓”二句：不要顺着醉汉，使之过于失礼。式，发语词；俾（bǐ），使；怠，懈懒。“大怠”意指放荡而怠慢了神灵。

42　“匪言勿言”四句：不该说的话不说，不该做的事也不要让醉汉去做。听凭醉汉信口胡言，让他说出公羊无角这类胡话。童羖（gǔ）：无角的黑色公羊。

43　“三爵”二句：喝了三杯就糊涂，怎敢让他多喝？矧（shěn）：何况。此章提出纠正饮酒失仪的措施并要求人们饮酒时要保持良好的酒德。

# 古 歌[1]

［汉］

无名氏

上金殿[2]，著玉樽[3]。
延贵客[4]，入金门。
入金门，上金堂。
东厨具肴膳[5]，椎牛烹猪羊[6]。
主人前进酒[7]，弹瑟为清商[8]。
投壶对弹棋，博弈并复行[9]。
朱火飏烟雾，博山吐微香[10]。
清樽发朱颜[11]，四坐乐且康。
今日乐相乐，延年寿千霜[12]。

## 注释

1　这是一首乐府古辞。诗中描绘了汉代贵族的宴饮场面，也反映出他们的生活风貌。情绪昂扬，音韵铿锵。错综行文之处，颇具民歌风味。

2　金殿：极言宴饮场所之华贵。

3　玉樽：玉制盛酒器。相当于后世的酒坛。亦借以称酒杯。

4　延：请。

5　东厨：厨房。古时多设于堂东，故称。肴膳：菜肴和饭食。

6　椎（chuí）牛：宰牛。疑古人宰牛以椎击杀，故云。

7　进酒：敬酒。

8　“弹瑟”句：言奏乐侑酒。清商，古以宫、商、角、徵、羽五音表示音阶，相当于简谱中的12356；又以五音配四季，商音与秋对应，秋多称作“清秋”，故称商音为“清商”。

9　投壶：即“博”，宴饮时的游戏。特设一壶，宾主依次投矢其中，中者胜，负者罚酒。河南省南阳地区出土的汉代画像石中即有投壶场面。画面中的壶，形似细颈大腹的花瓶，壶中已有两矢；壶边是一酒樽，樽上有木杓，大约供舀酒之用。左端一人似为输酒而醉，正被人搀扶离席。弹棋：即“弈”，下围棋。

10　“朱火”二句：言博山炉中正熏着香料，散发出轻香。朱火，指炉中燃香之火；飏（yáng），飘散；烟雾，指香烟。博山，指博山炉。汉魏时流行的熏香器具，多为青铜制，贮香的炉体铸成山形，上有羽人、奇兽等形象。底座是个大圆盘，盘中注水，可调节空气湿度。

11 清樽：指樽中清酒。发朱颜：言酒力使人脸色晕红。

12 千霜：犹言“千秋”“千岁”。

| 延伸阅读 |

## 登高落帽

孟嘉字万年，好饮。桓宣武尝问万年何为嗜酒？孟答曰：“公但未知酒中趣耳。”九日偕宣武宴龙山，酒酣落帽。著作郎孙盛为文嘲之。

# 今日良宴会[1]

[东汉]

无名氏

今日良宴会，欢乐难具陈[2]。
弹筝奋逸响[3]，新声妙入神[4]。
令德唱高言[5]，识曲听其真[6]。
齐心同所愿，含意俱未申[7]。
人生寄一世，奄忽若飙尘[8]。
何不策高足，先据要路津[9]。
无为守穷贱，轗轲长苦辛[10]。

注释

1 本篇为《古诗十九首》第四首。诗从宴会起笔，表现出愤世嫉俗、感慨自嘲的情绪。锺嵘《诗品》评曰："文温以丽，意悲而远，惊心动魄，可谓几乎一字千金。"

2 俱陈：一一诉说。

3　筝：弦乐器。秦汉时的筝为木身十二弦。逸响：奔放的声调。

4　新声：指当时流行的音乐。

5　令德：指有美德的人。高言：高妙之论。

6　“识曲”句：言知音者领会歌中的真意。

7　“齐心”二句：言人人心同理同，只是不把真意表达出来。

8　寄一世：一生托身于尘世。奄忽：迅疾、短暂。飙尘：被狂风卷起来的尘土。两句言人生短促，且不由自主。

9　“何不”二句：犹言“捷足先登”。策：马鞭，此作动词解，犹言“挥鞭打马”。高足：快马。据：占据。要路津：行人必经的渡口，此指高官显位。此为愤激之语。

10　无为：何必。轗轲：即“坎坷”。不平貌，喻境遇不顺。末二句有自嘲、调侃之意。

|延伸阅读|

一斛得凉州

孟佗以葡萄酒一斛遗张让，即拜凉州刺史。

子瞻云：“将军百战竟不侯，伯良一斛得凉州。”

# 短歌行[1]

［三国·魏］

曹　操

对酒当歌[2]，人生几何[3]。
譬如朝露[4]，去日苦多[5]。
慨当以慷[6]，忧思难忘。
何以解忧，唯有杜康[7]。
青青子衿，悠悠我心[8]。
但为君故，沉吟至今[9]。
呦呦鹿鸣，食野之苹。
我有佳宾，鼓瑟吹笙[10]。
明明如月[11]，何时可掇[12]。
忧从中来[13]，不可断绝。
越陌度阡[14]，枉用相存[15]。
契阔谈讌[16]，心念旧恩[17]。
月明星稀，乌鹊南飞。

绕树三匝，何枝可依[18]。

山不厌高，海不厌深[19]。

周公吐哺，天下归心[20]。

## 注释

1 曹操是东汉末年杰出的政治家和军事家，许劭说他是“清平之奸贼，乱世之英雄”（《后汉书·许劭传》）。他靠镇压黄巾起义发家，以讨伐废汉自立的董卓邀名，建安元年（196）迎汉献帝于许都，开始“挟天子以令诸侯”，终于成为北方的实际统治者。《短歌行》是乐府旧题，属《相和歌·平调曲》。此诗抒发了流光易逝而功业未成的慨叹和求贤若渴的心情，也表现了作者一匡天下的雄心壮志。此诗风格苍凉，气韵沉雄，表现出政治家的襟怀和气度。

2 对、当：互文见义，同是“面对”的意思。南朝张正见《对酒》诗首句“当歌对玉酒”与此意同。清代赵翼对此句中“当”“对”互文有详细考证。

3 人生几何：因叹人生短促，故曰“几何”。

4 朝露：清晨的露水。露见日即干，故借以喻人生短促。

5 “去日”句：言已经过完的岁月苦于太多了。

6 慨当以慷：“慷慨”一词的拆用，以便于行文和抒情。

7 杜康：指酒。传说中杜康是最早酿造秫（高粱）酒的人，一说为夏朝第五世君王少康。《说文解字·帚》："古者少康初作箕帚、秫酒。少康，杜康也。"这里以造酒之人代指酒。今陕西白水县，河南汝阳县、伊川县皆有杜康造酒遗址并出产杜康酒，但曹操所饮断非这种蒸馏型白酒。

8 "青青"二句：语出《诗经·郑风·子衿》，本是男女情歌。引以表示对人才的思慕和渴望。青衿，青色的衣领，此指周代学子服装；悠悠，喻长远、深沉的思念。

9 君：指正在思慕的贤才。沉吟：思索之态。《诗经·子衿》后两句是"纵我不往，子宁不嗣音"——虽然我没去找你，难道你就不能来信打听一下我的情况吗？"但为"二句即含此意。

10 "呦呦鹿鸣"四句：用《诗经·小雅·鹿鸣》首四句原句，表示自己准备礼遇贤才。参见《鹿鸣》诗注。

11 明明：指明德。毛传《诗经·大雅·大明》"明明在下"句曰："文王之德明明于下"，此言光辉的美德如同满月。

12 掇（duō）：取得。

13 忧：指求贤未得之忧。

14 "越陌"句：语出古谚"越陌度阡，更为客主"（应劭《风俗通》引）。此喻贤者来访。陌、阡，田间小路。

15 枉：枉驾。存：问候。

16 契阔：复合词，意为聚散。此言久别重逢。谈：畅谈、畅饮。讌，同"宴"。

17 "心念"句：思念着旧日的情谊。

18 "月明"四句：喻贤者在寻找托身之所。意境动人。匝，环绕一周。

19 "山不"二句：意本《管子·形势解》："海不辞水，

故能成其大；山不辞土石，故能成其高；明主不厌人，故能成其众。”

20 “周公”二句：周公为文王之子、武王之弟、成王之叔。他管理天下时说：“吾一沐三握发，一饭三吐哺，犹恐失天下之士。”（《韩诗外传》）此以周公自喻，希望得到天下人的拥戴。吐哺，吐出食物。“一饭三吐哺”言周公为料理政务，饭也吃不好。

| 延伸阅读 |

## 妇人不听

刘伯伦病酒渴甚，从妇求酒。妇捐酒毁器，涕泣谏曰：“君饮太过，非摄生之道，必宜断之。”伶曰：“甚善。我不能自禁。惟当祝鬼神自誓断之耳，便可具酒肉。”妇曰敬闻命，供酒肉于神前，请伶祝誓。伶跪而祝曰：“天生刘伶，以酒为名；饮一斛，五斗解酲；妇人之言，慎不可听。”便引酒进肉，隗然已醉矣。

# 箜篌引[1]

［三国·魏］

曹植

置酒高殿上，亲友从我游[2]。
中厨办丰膳[3]，烹羊宰肥牛。
秦筝何慷慨，齐瑟和且柔[4]。
阳阿奏奇舞[5]，京洛出名讴[6]。
乐饮过三爵，缓带倾庶羞[7]。
主称千金寿[8]，宾奉万年酬[9]。
久要不可忘[10]，薄终义所尤[11]。
谦谦君子德，磬折欲何求[12]。
惊风飘白日，光景驰西流[13]。
盛时不可再，百年忽我遒[14]。
生存华屋处，零落归山丘[15]。
先民谁不死，知命复何忧[16]。

## 注释

1 本篇系乐府旧题，属《相和歌·瑟调曲》。据清代学者考订，此诗是建安十六年（211）至二十一年（216）间曹植封平原侯或临淄侯时所作。此时太子未立，曹植的生活安乐平和，诗中流露出昂扬向上的情绪，并抒发了与亲朋共同建功立业的愿望。箜篌：弹拨乐器。体曲而长，有二十三弦。汉时由西域传入中原。

2 “亲友”句：据《三国志·陈思王传》载，曹植的挚友有丁仪、丁廙、杨修等，后相继为曹操、曹丕所杀。

3 中厨：厨房中。

4 秦筝：弦乐器。古筝五弦竹身，形如筑。秦时蒙恬改之为十二弦木身，形与瑟近似，后人即称为“秦筝”。齐瑟：古弦乐器。传说瑟初为五十弦，其音凄婉，黄帝听到后命裁为二十五弦。弦各有柱，以调音高。战国时齐国鼓瑟的人极多，故又名“齐瑟”。筝瑟形虽相近，音色不同，筝音激越而瑟音柔和。两句写宴会上的音乐。

5 阳阿：古县名。汉置，在今山西省阳城县西北。以舞姿轻妙而备受宠爱的汉成帝皇后赵飞燕曾在此学舞。诗以“阳阿奇舞”喻指酒宴上舞蹈的美妙。

6 名讴（ōu）：著名的歌手。言席间侑酒的歌曲出自京都洛阳名伎的歌喉。

7 过三爵：犹言“酒过三巡”“三杯酒下肚”。据《礼记·玉藻》篇载，君子饮酒不过三爵。缓带：宽衣解带。庶羞：各种珍馐美味。羞，同“馐”。两句言已到了酒酣耳热的程度。

8　千金寿：敬酒祝寿。战国时代，敬酒有加玉璧以示敬意的风习。又据《史记·鲁仲连邹阳列传》载，平原君向鲁仲连敬酒时“以千金为鲁连寿”，可知当时敬酒献寿是附赠钱物的。汉魏以后仅袭《史记》成说，并不附赠实物。

9　万年酬：祝主人长寿。答谢主人的敬酒。

10　“久要”句：用《论语·宪问》“久要不忘平生之言”句意。久要，旧约。

11　“薄终”句：言交始厚而终薄，将为道义所谴责。尤，非难。

12　谦谦：谦恭。磬折：弯腰打躬的样子。磬为古打击乐器，多由石头做成，中部曲折如折腰状。两句言自己谦恭下士为了什么呢？言求朋友不忘旧约。

13　“惊风”二句：谓光阴迅速，如疾风吹送白日向西流驶。惊风，疾风；光景，即白日。曹植另有“惊风飘白日，忽然归西山”句，意与此同。这是曹植名句，为后人所激赏。

14　“盛时”二句：谓时不我待，转眼即是百年。遒（qiú求），尽。

15　“生存”二句：活着的时候可以住在高殿华堂之中，死后无论贵贱都要葬于山丘。

16　“先民”二句：过去的人谁不死呢？只要认识天命，便没有什么可担忧的。先民，先前的人，即古人。

# 公　宴[1]

［三国·魏］

曹　植

公子敬爱客[2]，终宴不知疲。
清夜游西园[3]，飞盖相追随[4]。
明月澄清影，列宿正参差[5]。
秋兰被长坂[6]，朱华冒绿池[7]。
潜鱼跃清波，好鸟鸣高枝。
神飙接丹毂，轻辇随风移[8]。
飘飖放志意[9]，千秋长若斯[10]。

注释

1　这首诗当是曹植在邺都（今河北省临漳县西南）铜雀园参加哥哥曹丕宴会时的即席之作，写作时期与上篇《箜篌引》同。诗着力描写宴会场面和周围环境，气韵生动，词采华茂，开六朝华靡文风之先，其中“明月”“秋兰”“潜鱼”三联已见出对仗格局，其选词用字之精审尤为后人所称道。同时人刘桢集中也有一首《公宴》诗，内容与曹植诗颇多近似，或是同席之作，可以对读。公宴：由臣属参加的官家宴会。

2　公子：这里指曹丕。

3　西园：指铜雀园。以其位于邺都西北隅，故称“西园”。据《三国志·魏书·武帝纪》载，铜雀园建于建安十五年（210）冬，台高十丈，有屋一百二十间。

4　“飞盖”句：曹丕《与吴质书》忆友朋游乐盛况曰：“昔日游处，行则连舆，止则接席，何曾须臾相失。每至觞酌流行，丝竹并奏，酒酣耳热，仰而赋诗。”飞盖：指疾驰的车马。盖，车上遮雨蔽日的篷盖，形状与伞类似。

5　“明月”二句：言月光澄澈，星斗疏落。宿，星宿、星座。

6　长坂（bǎn）：慢坡。

7　朱华：荷花。

8　“神飙”二句：皆言乘轻风而行车。飙（biāo），风；丹毂（gǔ），车轮中心连接辐条的圆木，中有圆孔，以插车轴，常涂红色。辇（niǎn），王公贵族的车乘。

9　“飘飖”句：言纵情行乐，意气风发。

10　“千秋”句：曹丕《与吴质书》忆旧游时说：“当此之时，忽然不自知乐也，谓百年已分，可长共相保。”可见兄弟二人当时都以为这种安乐的生活可以久长，岂料几年后竟有“煮豆燃萁”之叹。

# 酒会诗[1]

[三国·魏]

嵇康

乐哉苑中游[2]，周览无穷已[3]。
百卉吐芳华，崇台邈高跱[4]。
林木纷交错，玄池戏鲂鲤[5]。
轻丸毙翔禽，纤纶出鳣鲔[6]。
坐中发美赞，异气同音轨[7]。
临川献清酤，微歌发皓齿[8]。
素琴挥雅操[9]，清声随风起[10]。
斯会岂不乐，恨无东野子[11]。
酒中念幽人，守故弥终始[12]。
但当体七弦，寄心在知己[13]。

## 注释

1　这首诗当是嵇康在山阳（今河南省焦作市东十二里）隐居时所作。写与朋友一同游乐饮酒的场面，最后还表现出对远方友人的思念。与嵇康同时在山阳隐居的还有阮籍、山涛、王戎、向秀、刘伶、阮咸等人，他们常在竹林中谈玄饮酒，人们称之为“竹林七贤”。

2　苑：当是指嵇康所居山阳的园林。

3　周览：周游、观览。无穷已：言“周览”兴致之高。

4　“百卉”二句：言百花齐放，楼台高耸。卉（huì），花草的总称。崇台，高的楼台。邈，高远。跱（zhì）。同“峙”，耸立。

5　玄池：幽深的水池。戏：指鱼的游动。鲂（fáng）：淡水鱼。属鲤鱼科。

6　“轻丸”二句：言游乐中以弹丸射飞鸟，以丝纶钓游鱼。轻丸，弹丸。发射弹丸的“弹”，以竹为弦，形状与弓相似，又名弹弓。纤纶，垂鱼钩的丝线。鳣（zhān）鲔（wěi），鲟、鳇一类鱼的古称。

7　“坐中”二句：言在座的朋友们对周围环境发出异口同声的赞叹。

8　“临川”二句：言在流水边饮酒、唱歌。酤（gū），酒。皓齿，白齿。指唱歌。

9　素琴：不加装饰的琴。雅操：高雅的琴曲。古时抒情琴曲多曰“操”，如《龟山操》《猗兰操》。

10　“清声”句：言琴声在风中飘荡。

11　“斯会”二句：写在欢快的宴游中想起了远方的友人。东野子，疑指阮侃。侃字德如，是嵇康的朋友，做过河内（今河南省黄河以北沁阳一带）郡太守。其《答嵇康诗二首》有云：“东野多所患，暂往不久停。”

12　“守故”句：言始终保持着与东野子的旧谊。

13　“但当”二句：言应专门弹奏一曲，献给远方的知心朋友。体，实行。引伸为弹奏。七弦，指古琴。琴初成于周代，定型于汉代，最初为五弦，后增为七弦，因此以“五弦”“七弦”代指琴。嵇康弹琴的技艺非常高，还写过“目送归鸿，手挥五弦”等不少与琴有关的诗句。

| 延伸阅读 |

兖州八伯

羊曼字祖延，任达好酒，与阮放等八人友善。时称阮放为宏伯，郗鉴为方伯，胡毋辅之为达伯，卞壶为裁伯，蔡谟为朗伯，阮孚为诞伯，刘绥为委伯，而曼为黔伯。号兖州八伯。

# 前有一樽酒行[1]

［晋］

傅　玄

置酒结此会[2]，主人起行觞[3]。
玉樽两楹间[4]，丝理东西厢[5]。
舞袖一何妙[6]，变化穷万方。
宾主齐德量[7]，欣欣乐未央[8]。
同享千年寿，朋来会此堂[9]。

## 注释

1　本题属乐府《杂曲歌辞》，晋傅玄始作。唐李白曾依此题作过两首饮酒诗。

2　置酒：备办酒肴。

3　行觞：起身依次向客人敬酒。

4　两楹间：即两根立柱之间，指殿堂的中部。楹，堂前立柱。

5　丝：指弦乐器。此代指酒宴上侑酒的音乐。东西厢：旧时建筑坐北朝南，东西厢谓殿堂的左右两侧。与“两楹”相对应。

6　舞袖：中国传统舞蹈以上肢动作为主，袖，是于舞姿变化至关重要的因素。

7　“宾主”句：言宾主的品格之高是相同的。

8　乐未央：兴致尚浓。央，尽。

9　“同享”二句：敬酒祝寿之辞。言希望与会者都能长寿，再相聚于此畅饮美酒。

| 延伸阅读 |

### 形神不相亲

王佛大言三日不饮酒，觉形神不复相亲。自恃才气，放酒诞节，居尝慕王平子之为人。

妇翁尝有惨，王乘醉吊之，妇翁恸哭。王与宾客十许人，连臂被发裸身而入，绕之三匝而出。

# 饮酒乐[1]

［晋］

陆　机

蒲萄四时芳醇[2]，琉璃千钟旧宾[3]。
夜饮舞迟销烛，朝醒弦促催人[4]。
春风秋月恒好，欢醉日月言新[5]。

注释

1　这是一首六言诗（每句六字）。六言诗体始于汉代，今所见最早的六言诗是孔融的作品，这是我们所见的第二篇。这首诗音韵流转，诗味淳厚，读来如饮醇酒。

2　蒲萄：即葡萄。此指用葡萄酿的酒。葡萄是一种古老的植物，原生于中亚细亚一带，公元前119年张骞二次出使西域时，看到大宛（位于今乌兹别克斯坦费尔干纳盆地）及其邻国用葡萄造酒，富人藏酒至万余石，可保持数十年不变质，便带回葡萄种子，遍种于汉武帝的离宫别馆（见《史记·大宛列传》）。以后汉代人便开始用葡萄酿酒。“葡萄”是西域语的音译，所以有“蒲陶”“蒲桃”“蒲萄”等多种写法。

3　琉璃千钟：极言饮酒之多。琉璃是有色半透明石质材料，产于西域，汉代常以丝换取。诗中指用琉璃制成的酒杯。钟，酒盅、酒杯。“千”是诗人的夸张。唐以前，葡萄酒非常珍贵，据《后汉书·张让传》注载：孟佗以一斗葡萄酒献张让，便换得一个凉州刺史的官职。旧宾：老朋友。

4　“夜饮”二句：写饮酒作乐，通宵达旦。销，耗尽。弦，指琴弦。“弦促”即促弦，弹琴。陆机集中另有残句曰：“瓮馀残酒，膝有横琴”，可知他以饮酒弹琴为生活的最大乐趣。

5　“春风”二句：谓春去秋来时光总是那样美好，而每日的欢饮却总有新鲜的感受。言，语气词。

| 延伸阅读 |

## 贵要废人饮

韩晋明好酒诞纵。朝廷欲处之贵要之地，必以疾辞。告人云！“废人饮酒，对名胜安能作刀笔吏披反故纸乎？”

# 兰亭诗[1]

［晋］

谢绎

纵觞任所适[2]，回波萦游鳞[3]。

千载同一朝[4]，沐浴陶清尘[5]。

注释

1　兰亭：即兰渚之亭。古亭几经迁移，现重建于兰渚山麓。本篇记上巳日兰亭修禊曲水流觞盛会。农历三月的第一个巳日（魏以后固定为三月三日），古人有到郊外踏青，在水滨宴饮的风俗，认为这样可以袚除不祥（修禊）。后来引水环曲成渠，将酒杯从上流放入水中，任其漂流，酒杯停在谁的前面，谁便取饮，人们把用以“流觞”的水称为曲水。东晋永和九年（353）三月三日，大书法家王羲之同谢安等四十一人来到山阴（今浙江省绍兴市）兰渚（位在绍兴西南）亭下过上巳节，行曲水流觞之戏，各人作诗记此盛会。谢绎《兰亭诗》便是此时在兰渚所作。

2　“纵觞”句：任酒杯在曲水中漂流。

3　“回波”句：言流觞与游鱼相萦绕。

4　“千载”句：这是“齐万物，等生死”的老庄思想，认为一千年同一个早晨在时间上是没有差别的，应该等同视之。

5　“沐浴”句：古有在上巳日沐浴除尘的风俗。沐，洗头发；浴，洗身体。孔子的学生曾皙在谈自己的志趣时说：“暮春者，春服既成，冠者五六人，童子六七人，浴乎沂，风乎舞雩，咏而归。”（《论语·先进》）

| 延伸阅读 |

### 求步兵闻贮酒

阮籍字嗣宗。闻步兵厨中贮酒三百石，乃求为步兵校尉。王孝伯尝问王大阮籍何如司马相如。王大曰：“阮籍胸中磊块，故须酒浇之。”

# 兰亭诗[1]

［晋］

徐丰之

清响拟丝竹[2]，班荆对绮疏[3]。
零觞飞曲津[4]，欢然朱颜舒。

注释

1　徐丰之是东晋永和九年（353）三月三日兰亭盛会的参加者，诗当是即兴作。原诗两首，此为其二。参见谢绎《兰亭诗》注1。

2　“清响”句：言泛觞的水流清音悦耳，如同琴（丝）、笛（竹）之类奏出的音乐。当时并无音乐侑酒。王羲之《三月三日兰亭诗序》曰：“此地有崇山峻岭，茂林修竹，又有清流激湍，映带左右，引以为流觞曲水，列坐其次。虽无丝竹管弦之盛，一觞一咏，亦足以畅叙幽情。”

3　班荆：铺荆于地而坐。班，铺垫；荆，小树枝、杂草之类。绮疏：雕饰着花纹的窗户。此指兰亭之窗。

4　零觞：指一只只在曲水上漂流的酒盏。因放盏是一个个放的，故曰“零觞”。

# 饮　酒[1]

［晋］

陶渊明

清晨闻叩门，倒裳往自开[2]。
问子为谁与？田父有好怀[3]。
壶浆远见候，疑我与时乖[4]：
“褴缕茅檐下，未足为高栖[5]。
一世皆尚同，愿君汩其泥[6]。”
“深感父老言，禀气寡所谐[7]。
纡辔诚可学，违己讵非迷[8]。
且共欢此饮，吾驾不可回[9]！”

## 注释

1　本题共二十首，大约作于东晋义熙元年（405），当时陶渊明四十一岁（此用李长之《陶渊明评传》的说法，另有义熙二年、元兴二年、义熙十三年等几种系年）。这一年诗人结束了十三年来几进几退的痛苦摸索，坚定地走上了躬耕归隐的道路。这首是《饮酒》诗第九首，是表现作者归隐生活和思想的一首好诗。诗在表现形式上夹叙夹议，有问有答，参差错落，句法灵活。

2　“清晨”二句：谓晨起匆忙迎客，来不及穿好衣服。化用《诗经·齐风·东方未明》诗句：“东方未明，颠倒衣裳。”

3　子：指叩门者。即下句中所说的田父。与：疑问语气词。田父：从下文田父的言论看，他不是一般的农民，而是和陶渊明处世思想不尽相同的隐士，属屈子渔父者流。好怀：好意，好心肠。

4　“壶浆”二句：田父提着一壶酒远道前来问候，怪我不随世俗。乖：违背，不和谐。

5　褴缕（lán lǚ）：即“蓝缕”。衣服破烂。茅檐：茅草房。檐，屋檐，此代指屋顶。两句意谓穿着破烂的衣服，住在茅草房里，算不上高明的隐士。田父的思想在当时很有代表性，晋王康琚作《反招隐诗》说“小隐隐陵薮，大隐隐朝市”，认为“绝迹穷山里”的隐逸只能是“凝霜凋朱颜，寒泉伤玉趾”，不如混迹世间，“与物齐终始”。溯至汉代，东方朔也是一位隐于朝市，主张“形见神藏”的隐士。

6　“一世”二句：劝陶渊明随波逐流，在社会上混日子。化用《楚辞·渔父》句意。《渔父》是屈原放逐沅湘时与渔父的一段对话，渔父劝屈原“与世推移”，“世人皆浊，何不淈其泥而扬其波？众人皆醉，何不铺其糟而歠（饮）其醨？”尚同，主张同流合污。汩（gǔ 古），同“淈”，搅浑。

7 “深感”二句：是对田父的回答。意思是：非常感谢您的一番劝说，但我生来就缺少与世俗苟合的性情。

8 “纡辔”二句：意谓回车改辙、顺应世情，当然可以仿效，但违背自己的本意，岂不成了糊涂虫！讵，岂。

9 “且共”二句：表示他归隐的决心不会更改。这首与田父饮酒谈心的诗对后世产生了非常深刻的影响，不少文人的诗集中都有描述与农夫饮酒、品茗、聊天之类的作品，除本书所选杜甫《遭田父泥饮美严中丞》外，陆游“莫笑农家腊酒浑，丰年留客足鸡豚”（《游山西村》），苏轼“日高人渴漫思茶，敲门试问野人家”（《浣溪沙》）等诗词也属此类。

# 饮　酒[1]

［晋］

陶渊明

故人赏我趣[2]，挈壶相与至[3]。
班荆坐松下[4]，数斟已复醉。
父老杂乱言，觞酌失行次[5]。
不觉知有我[6]，安知物为贵[7]。
悠悠迷所留，酒中有深味[8]。

注释

1　此为《饮酒》诗第十四首。陶渊明在诗序中说："余闲居寡欢，兼比夜已长，偶有名酒，无夕不饮。顾影独尽，忽然复醉。既醉之后，辄题数句自娱。"然诗中所写，不仅有"独尽"，而且有共饮。此首写与人共饮，笔墨酣畅。

2　"故人"句：意谓老朋友知道我的酒兴。

3　挈（qiè）壶：手提着酒壶。

4　班荆：见晋徐丰之《兰亭诗》注 3。

5　“父老”二句：写饮酒至醉时的热闹场面。觞（shāng），酒杯。酌，往杯中倒酒。行次：顺序。

6　“不觉”句：意识不到自我的存在。“无我”是大乘佛教否定世界物质存在的一种说法，晋时已传入中国的《涅槃经》中说：“杀空得实，杀于无我而得真我。”

7　“安知”句：意谓“我”之有无尚且不知，身外之物就更不足为贵了。

8　悠悠：指悠悠者，即追名逐利之人。《列子·杨朱》：“悠悠者，趋名而已。”两句意谓世俗小人只迷恋他们所追逐、留连的名利，绝不会知道隐士的酒有多么丰富的味道。

# 酒德歌[1]

［十六国·前秦］

赵 整

地列酒泉[2]，天垂酒池[3]。

杜康妙识[4]，仪狄先知[5]。

纣丧殷邦，桀倾夏国[6]。

由此言之，前危后则[7]。

注释

1 这是一首戒酒歌，告诫人们不可沉湎于酒的美味而忘记历史教训。酒是一种奇妙的饮料，酒中的乙醇（酒精）会使人神经兴奋或麻痹，产生在常态下无法得到的感觉。因此上古时代人们对酒感到非常新奇，以至发生过因酗酒而亡国的悲剧。

2 酒泉：古地名。《左传》有“王与之酒泉”的记载，知周朝已有酒泉邑，但地址已无考。汉武帝元狩二年（前 121）设酒泉郡，因为城下有金泉，泉味如酒。治所在今甘肃酒泉市。

3 天垂：犹言“天赐”。垂，垂示。酒池：以酒为池。《史记·殷本纪》载，纣王“以酒为池，悬肉为林，使男女裸，相逐其间，为长夜之饮”。

4　杜康：见曹操《短歌行》注 7。杜康在仪狄的基础上对造酒技术又有所发展，开始用黏高粱造酒。

5　仪狄：传说中最先造酒的人。一说仪狄为夏禹的臣子。据《战国策·魏策》载：“仪狄作酒醪，禹尝而美，遂疏仪狄。”因为夏禹已预见到“后世必有以酒亡其国者”。

6　纣（zhòu）：商朝的亡国之君。桀（jié）：夏朝的亡国之君。据刘向《新序·刺奢》载，桀“为酒池糟堤，纵靡靡之乐”；纣设酒池肉林。他们荒淫无度，激起民愤，终于走向灭亡。

7　前危后则：前世之危亡，可为后世之鉴戒。意即记取前车之鉴，不可重蹈覆辙。

| 延伸阅读 |

三升可恋

王绩字无功，豪宕不羁。每乘牛，经酒肆辄饮数日。尝曰：“恨不逢刘伶，相与闭门轰饮。”以《周易》《老子》置床头，暇则开卷命酌，作《醉乡记》及《五斗先生传》。武德中待诏门下省，绩弟静为武皇千牛。问曰：“待诏乐否？”绩曰：“待诏禄奉殊萧瑟，但酝三升差可恋耳。”侍中陈叔达闻之，日给一斗。时号“斗酒学士”。

# 置酒高堂上[1]

［南朝·宋］

孔 欣

置酒宴友生[2]，高会临疏棂[3]。
芳俎列嘉肴[4]，山罍满春青[5]。
广乐充堂宇[6]，丝竹横两楹[7]。
邯郸有名倡[8]，承闲奏新声[9]。
八音何寥亮[10]，四座同欢情[11]。
举觞发湛露[12]，衔杯咏鹿鸣[13]。
觞谣可相娱[14]，扬解意何荣[15]。
顾欢来义士[16]，畅哉矫天诚[17]。
朝日不夕盛，川流常宵征[18]。
生犹悬水溜，死若波澜停[19]。
当年贵得意，何能竞虚名[20]。

## 注释

1　本题属乐府《相和歌·平调曲》。诗的间架结构与曹植《箜篌引》颇多近似。

2　友生：朋友。

3　疏棂：窗棂疏朗的窗户。棂，旧式房屋的窗格。

4　俎（zǔ）：古代祭祀时盛供品的礼器。有青铜制和木制两种。从“芳”字看，当为木质食器，“芳”取木的香气。“芳俎”指盛食物的器皿。嘉肴：精美的食物。

5　山罍：一种刻有山云图纹的酒杯。春青：指酒。

6　广乐：天上的乐曲。此形容宴会上音乐的美妙。《史记·扁鹊传》：“与百神游于钧天，广乐九奏万舞，不类三代之乐，其声动心。”

7　丝竹：指弦管乐器。两楹：堂前两根立柱。古于两楹之间设宴，两楹之外（即殿堂两端）安排为宴会侑酒的乐队。参见傅玄《前有一樽酒行》注 4。

8　邯郸：战国时赵国的国都。南朝时属广平郡。故址在今河北省邯郸市。此句意出乐府古辞《相和曲·鸡鸣》诗：“黄金为君门，璧玉为轩堂。上有双樽酒，作使邯郸倡。”倡，指酒宴上弹奏、表演的艺伎。

9　新声：流行乐曲。据《礼记·乐记》载，魏文侯听古乐时昏昏欲睡，听新乐（郑卫之音）则久而不倦。

10　八音：古代称金（钟）、石（磬）、丝（琴、瑟等）、竹（箫）、匏（笙、竽）、土（埙）、革（鼓）、木（祝）八类乐器发出的乐音。寥亮：即嘹亮。

11　“四座”句：言满座皆欢。

12　湛露：《诗经·小雅》中一篇。为天子宴诸侯之诗。《湛露》首四句曰：“湛湛露斯，匪阳不晞。厌厌夜饮，不醉无归。”

13　鹿鸣：《诗经·小雅》中第一篇。亦写宴饮。已选入本书，可参读。

14　觞谣：关于饮酒的歌诗。指上文中提到的《湛露》《鹿鸣》。春秋战国时代，人们在宴会上就有吟诵《诗经》中诗篇借以言志抒情的风尚。

15　扬解：意似奏乐。“解”为乐曲的一章。解，或疑“觯（zhì）”字之误。觯是酒器的一种，状与今天的痰盂近似，《札记·礼器》注曰：“三升曰觯。”《礼记·射义》有某人“扬觯而语”云云的记载，据此，可推断“扬解”为“扬觯”之误，句意似是：举起酒杯，意气风发。亦可通。

16　“顾欢”句：言心中非常高兴，因为来者全是“义士”。顾，只是，所以。

17　“畅哉”句：谓来宾都尽情尽兴地表现出自然率真的个性。矫，通“挢”，高举意。

18　“朝日”二句：感叹时光易逝，好景不长。上句谓朝阳变成夕阳时便失去了蓬勃的生命力。犹汉代人所说“日中则移，月满则亏”。下句用孔子临河的典故。《论语·子罕》记载：“子在川上，曰：‘逝者如斯夫！不舍昼夜。’”宵：夜。

19　“生犹”二句：言活着时生命不断运动，好似瀑布流泉一般，死了便好比水流静止下来。这是六朝时一种不畏生，不惧死的生死观。

20　“当年”二句：言应快意当前，不须竞逐虚名。当年，当时，眼前。竞，奔竞，追逐。

# 将进酒[1]

［南朝·梁］

萧　统

洛阳轻薄子，长安游侠儿[2]。

宜城溢渠碗[3]，中山浮羽卮[4]。

注释

1　《将进酒》为乐府旧题，属汉乐府《鼓吹曲辞》。古辞“将进酒，乘大白”云云，是写饮酒放歌之事。此篇叙写饮酒游乐。

2　洛阳：今河南省洛阳市。是东汉时国都。长安：今陕西省西安市。是西汉时国都。此借洛阳、长安指南朝梁的国都建康（今江苏省南京市）。轻薄子：轻狂少年。游侠儿：古时一个特定的社会阶层。游侠轻生重义，勇于急人之难。游侠之风汉代最为兴盛。

3　宜城：古县名，汉时属南郡，故址在今湖北省宜城市南。汉时其地产名酒，曰宜城醪。曹植《酒赋》“宜城醪醴”即指此。此诗以地名代指酒。溢：满出。渠碗：大碗。渠：通“巨”。

4　中山：汉地名，故址在今河北省定州市。此处亦以地名代指酒。《周礼·酒正》贾公彦疏：“清酒今中山，冬酿接夏而成者。”宜城酒是带糟的浊酒（即醪），中山酒是滤去酒糟的清酒。浮：意谓斟满。羽卮（zhī）：即羽杯，古时一种杯耳状如羽翼的酒杯。

| 延伸阅读 |

### 幸为酒壶

郑泉字文渊，博学有奇志，而性嗜酒。闲居尝曰：“愿得美酒满五百斛船，以四时甘脆置两头，反复没饮。酒有斗升减，随即益之，不亦快乎。”临卒谓同类曰：“必葬我陶家之侧。庶百年后化而成土幸见取为酒壶，实获我心矣。”

# 对 酒[1]

［南朝·梁］

张 率

对酒诚可乐，此酒复芳醇。
如华良可贵[2]，似乳更甘珍[3]。
何当留上客[4]，为寄掌中人[5]。
金樽清复满[6]，玉椀亟来亲[7]。
谁能共迟暮[8]，对酒惜芳辰[9]。
君歌尚未罢，却坐避梁尘[10]。

注释

1 《对酒》属乐府《相和歌辞》，魏武帝始创。魏乐奏武帝曹操《对酒歌》，辞曰“对酒歌，太平时，吏不呼门，王者贤且明”云云，后遂有依乐曲自创新辞者。

2 如华：谓酒色红艳如花。华，通“花”。“贵”，《文苑英华》本作“赏”，与“华”关合。酒呈红色，当是葡萄酒一类果物酒。

3 似乳：言酒呈乳白色，当是酒酿一类的谷物酒。

4 “何当”句：言酒可以留客。

5 掌中人：当指意中人，心上人。典出汉成帝宫人赵飞燕故事。《汉书·赵皇后传》载，她初学歌舞时以体轻号曰飞燕。南朝梁吴均《大垂手》：“垂手忽迢迢，飞燕掌中娇。”后人用“掌中”一词，含娇丽可爱之意。杜牧《遣怀》诗：“楚腰纤细掌中轻。”

6 “金樽”句：精美的酒杯中斟满了清酒（滤去酒糟的酒）。

7 椀：即“碗”。因古时有木制的碗，故又写作“椀”。亟：急切。

8 “谁能”句：谁能和我共度晚年呢？迟暮：暮年晚景。

9 “对酒”句：意与曹操《短歌行》“对酒当歌，人生几何”相同。惜芳辰：爱惜美好时光。有感叹年华容易消逝之意。

10 却坐：起坐退避。避梁尘：言歌声清越，可以震落屋梁上的尘灰。刘向《别录》载，鲁人虞公发声清，晨歌动梁尘。陆机《拟东城一何高》诗句曰：“一唱万夫叹，再唱梁尘飞。”

| 延伸阅读 |

好事问奇

扬雄字子云，家贫嗜酒。人希至其门，时有好事者载酒问奇字。渊明诗：“子云性嗜酒，家贫无由得。时赖好事人，载醪祛所惑。”《抱朴子》云：“子云手不离杯，《太玄》乃就。”

# 三日侍宴咏曲水中烛影[1]

[南朝·梁]

庾肩吾

重焰垂花比芳树，风吹水动俱难住[2]。

春枝拂岸影上来，还杯绕客光中度[3]。

注释

1　本篇写上巳节参加简文帝（萧纲）宴会的情景。梁简文帝集中录有他和庾肩吾等人《曲水联句》，其中梁简文帝诗句咏到烛光："岸烛斜临水，波光上映楼。"或许是同时之作。大约三月三日（上巳）的曲水之宴是整日进行的，燃烛，想必已到了晚上。"三日""曲水"，参见晋谢绎《兰亭诗》注 1。

2　"重焰"二句：烛架上的层层烛火艳丽如花，简直可以和水边开满鲜花的芳树媲美。风吹水荡，水中烛影很难留得住。

3　"春枝"二句：言不见水中的烛影，只见岸边好似春树枝的烛架，似乎是水中影子上了岸；一盏盏酒杯在烛光下绕着酒客流转。

# 对酒[1]

[南朝·陈]

张正见

当歌对玉酒[2]，匡坐酌金罍[3]。
竹叶三清泛[4]，葡萄百味开[5]。
风移兰气入，月逐桂香来[6]。
独有刘将阮[7]，忘情寄羽杯[8]。

## 注释

1 《对酒》属乐府《相和歌辞·相和曲》，参见张率《对酒》注1。全诗八句，平仄音律协调，中间对仗工整，俨然已是五言律诗的格局。

2 “当歌”句：化用曹操《短歌行》“对酒当歌”句意。当，面对。

3 匡坐：端坐，正坐。酌金罍（léi）：斟酒。《诗经·周南·卷耳》：“我姑酌彼金罍。”罍是小口、广肩、深腹、有盖的容器，多用以盛酒，盛行于商周时期，相当于今天的酒坛、酒壶。

4 竹叶：酒名。汉张衡《七辩》文中已提到。当是以米酒为酒基浸泡竹叶制成，又名“竹叶清（青）”。晋张华《轻薄篇》诗：“苍梧竹叶清，宜城九醞醝”。三清：当由《周礼》中化出，《周礼·天官·酒正》：“辨三酒之物，一曰事酒，二曰昔酒，三曰清酒。”

5　葡萄：指葡萄酒。见陆机《饮酒乐》注2。百味：言酒味丰富浑厚。

6　“风移”二句：言清风夹着兰草的幽香吹到室中，月色与桂花的香气糅合在一起。

7　刘将阮：指刘伶和阮籍。他们是魏晋间“竹林七贤”中人物，以善饮酒著称。此代指作者自己及宴会上的酒友。将，同、共、与。

8　羽杯：杯口双耳状如鸟翼的酒杯。

｜延伸阅读｜

### 裘就市

司马相如字长卿。还成都，以鹔鹴裘就市人阳昌鬻酒，与文君为欢。

# 卫王赠桑落酒奉答[1]

［北周］

庾 信

愁人坐狭斜[2]，喜得送流霞[3]。

跂窗催酒熟，停杯待菊花[4]。

霜风乱飘叶，寒水细澄沙[5]。

高阳今日晚，应有接䍦斜[6]。

注释

1 庾信本是南朝作家，出使西魏时被留在长安，以后便一直在北朝为官。他与北周皇室关系密切，诗题中提到的“卫王”即是武帝的胞弟宇文直。宇文直于武成年间（559—560）封卫国公，建德三年（574）进封卫王。由此可知此诗作于建德三年之后，是庾信晚期的作品。诗是接到卫王所赠桑落酒的答谢之作。桑落酒：北魏时期开始流行的谷物酿造酒。据《水经注》《洛阳伽蓝记》《齐民要术》记载，这种酒于秋天桑树落叶时取黄河水酿制，第二年六月酿成。蒲坂（今山西省永济市西三十里）人刘白堕酿制的桑落酒香气浓郁，色白如浆，最受人们的欢迎。

2 愁人：庾信自指。他暮年几次想南归均未被获准。虽身居高位而心情抑郁，曾撰写著名的《哀江南赋》，以寄托乡关之思。狭斜：原义是小街曲巷。乐府古辞《长安有狭斜行》曰：“长安有狭斜，狭斜不容车。”此借指长安羁留之所。

3 流霞：指酒。晋葛洪《抱朴子》曰：“项曼都修道山中，自言至天上，游紫府，遇仙人，与流霞一杯，饮之辄不饥渴。”后遂以“流霞”喻仙酒或非常珍贵的酒。此指桑落酒。据《洛阳伽蓝记》载，京师朝贵常把桑落酒作为馈赠亲友的珍贵礼物，“出郡登藩，远相饷馈，踰于千里”。

4 “跂窗”二句：前句写煮酒，后句写饮酒。跂（qí）：行貌。跂窗，行于窗前。待菊花：古人饮酒有泛菊之俗，将菊花瓣撒在酒中，以增其清香。

5 “霜风”二句：点明时间正是叶落水寒的秋日。

6 高阳：指高阳池。在襄阳（今湖北省襄阳市）岘山南。原是汉习郁的养鱼池。晋山简镇守襄阳，常临池醉饮，曰：“此是我高阳池也。”因高阳（故址在今河南省杞县西南）人郦食其尝对刘邦自称是“高阳酒徒”。接䍦：帽名。“高阳”两句由描绘山简的襄阳儿歌中化出。儿歌曰：“山公时一醉，径造高阳池。日暮倒载归，茗艼无所知。复能乘骏马，倒着白接䍦。”（《世说新语·任诞》）

# 云中受突厥主朝宴席赋诗[1]

[隋]

杨 广

鹿塞鸿旗驻[2]，龙庭翠辇回[3]。
毡帷望风举，穹庐向日开[4]。
呼韩顿颡至[5]，屠耆接踵来[6]。
索辫擎膻肉[7]，韦鞲献酒杯[8]。
何如汉天子，空上单于台[9]。

## 注释

1　云中：战国时赵武灵王始设云中郡。治所在今内蒙古自治区托古托东北。隋时属榆林郡。突厥：我国古代北方的一个少数民族。公元5世纪游牧于金山（今阿尔泰山）一带，隋初分裂为东突厥和西突厥。隋炀帝杨广所到是东突厥。据《资治通鉴》记载，隋大业三年（607）八月初六，隋炀帝巡幸北塞，由榆林溯金河而上来到云中，随行“甲士五十馀万，马十万匹，旌旗辎重，千里不绝”，突厥人设庐帐恭迎。八月初九，炀帝入庐帐，突厥首领启民可汗“奉觞上寿，跪伏恭甚，王侯以下袒割（赤膊割肉）于帐前”，炀帝非常高兴，便写下了这首诗。

2 鹿塞：指边塞。鸿旗：大旗。

3 龙庭：原为匈奴祭天之地。此指突厥王庭。翠辇（niǎn）：皇帝乘坐的车驾。

4 “毡帷”二句：写突厥人为迎接炀帝而设庐帐事。毡帷：毡做的帐篷。穹（qióng）庐：即毡帐。

5 呼韩：即呼韩邪单于。汉宣帝时匈奴族首领。此代指突厥启民可汗。顿颡（sǎng）：屈膝下拜，以额触地，有谢罪的意思。据《资治通鉴》记载，炀帝于云中的行殿、行城规模盛大，殿可容数百人，下有轮子，可推移、拼装；城周二千步，以木板罩布幔围成，突厥人“每望御营，十里之外，屈膝稽颡，无敢乘马”。

6 屠耆：指突厥的太子及大臣。《史记·匈奴列传》：“匈奴谓贤曰屠耆，故常以太子为左屠耆王。”

7 索辫：梳长辫子的妇女。膻肉：牛羊肉。

8 韦韝（wéi gōu）：柔皮制成的袖套。射箭时用以束衣袖。此代指男性。

9 “何如”二句：言我哪像汉天子那样，只是登登单于台就罢了。据《汉书》记载，汉武帝于元封元年（前110）登过单于台。唐人认为单于台在云州云中县（今山西省大同市）西北百余里。

# 饯骆四[1]

［唐］

李　峤

平生何以乐，斗酒夜相逢。
曲中惊别绪，醉里失愁容[2]。
星月悬秋汉，风霜入曙钟[3]。
明日临沟水，青山几万重[4]。

注释

1　本题二首，这里选第一首。这是一首饮酒送别的诗。作者所饯别的骆四即骆宾王。骆与王勃、杨炯、卢照邻并称为“初唐四杰”。高宗时，李峤与骆宾王同在长安做官，并以文章知名。高宗末年，骆宾王被贬为临海（今浙江省临海市）县丞。此诗当是李峤送他出长安时所作。骆宾王诗集中有《别李峤》一首，亦当作于此时。中唐诗人李益有一首《喜见外弟又言别》，不仅韵字与李峤诗完全相同，情调也颇为近似，录以对读：“十年离乱后，长大一相逢。问姓惊初见，称名忆旧容。别来沧海事，语罢暮天钟。明日巴陵道，秋山又几重。”

2 “曲中”二句：言听歌触起人的离情别绪，醉饮又使人暂时忘记离愁。骆宾王《别李峤》同工异曲，言愈饮愈生离愁：“芳樽徒自满，别恨转难胜。”

3 “星月”二句：言饯行的酒从夜晚一直喝到天明。秋汉：指秋夜的天空。汉，银汉、银河。

4 沟水：指御沟水。皇城外的护城河。此两句言骆宾王将离开长安赴贬所。诗暗合卓文君《白头吟》句意：“今日斗酒会，明旦沟水头。”

| 延伸阅读 |

召吏饮杖

何承裕为整屋咸阳二县令，醉则露首，跨牛趋府。往往召豪吏接坐引满，吏乘醉，挟私白事。承裕曰：“此见罔也，当受杖！”杖讫，复召与饮。

# 晦日宴游[1]

［唐］

杜审言

日晦随蓂荚[2]，春情著杏花。
解绅宜就水[3]，张幕会连沙[4]。
歌管风轻度，池台日半斜。
更看金谷骑，争向石崇家[5]。

注释

1 晦日：指农历每月的最后一日。但民俗最重视元月的晦日，并定为节日。据《玉烛宝典》记载：正月元日至晦日，人们常常相聚饮食，少男少女在水边洗衣、把酒倾在流水中，认为这样可以祓除不祥。

2 蓂（míng）荚：古代传说中的一种瑶草。《帝王世纪》说：尧时有草夹阶而生，每月朔日（初一）生一荚，月半生十五荚，自十六日日落一荚，至月晦而尽，月小则余一荚。传说古人以此计日月。

3 “解绅”句：写晦日到水边洗衣的风俗。古称其俗为“湔

（jiān）裳”。绅：衣带。

4　“张幕”句：写在水边搭起供聚饮的帷幕。

5　“更看”二句：晋人石崇曾在洛阳西北的金谷涧修建私人园林金谷园，并经常邀宾客在园中宴饮。南朝梁代何逊诗云：“金谷宾游盛，青门冠盖多。”这里以“金谷骑”借指洛阳的车马；以“石崇家”称誉宴会的主人。石崇，字季伦，西晋渤海南皮（今河北南皮东北）人，官至荆州刺史。曾劫掠客商，聚财无数，成为富豪。

| 延伸阅读 |

### 谈笑不及势利

李仲容侍读，善饮。真宗饮无敌，饮则召公。仲容曰：“告官家免巨觥。”宾至多命酒谈笑，而不及势利。

# 侍宴安乐公主新宅应制[1]

［唐］

李 适

银河半倚凤皇台[2]，玉酒相传鹦鹉杯[3]。

若见君平须借问，仙槎一去几时来[4]。

注释

1 这首应制诗是歌颂安乐公主新宅的。安乐公主：唐中宗和韦后所生的幼女。她恃宠弄权，纳贿售官，大肆营建私宅，并与韦后合谋毒死中宗。公元710年被李隆基（玄宗）在宫廷政变中杀死。据《旧唐书》记载，景龙三年（709）冬十月，中宗幸安乐公主金城新宅，宴侍臣、学士。这首应制诗或即是这次侍宴所作。应制：奉皇帝之命而作的诗。

2 “银河”句：极言新宅楼阁之高。《旧唐书·外戚传》：公主“废休祥宅，于金城坊造宅，穷极壮丽，帑藏为之空竭”。

3 鹦鹉杯：以鹦鹉螺制成的酒杯。产于广南。鹦鹉螺是海螺的一种，螺尖红而弯曲如鹦鹉嘴，故名。土著人以金或银缠制底托，制成酒杯。

4 君平：严君平，名遵，汉时蜀人。他每日在成都街头卖卜，赚足饭钱便闭门读《老子》。据《洞天集》载，他的仙槎常常自由地飞去飞来。槎（chá）：木筏。

| 延伸阅读 |

## 渊明大适

陶渊明为彭泽令，公田三百亩，悉令种秫，醉则常卧石上，名曰“醉石”。江州刺史王弘欲识之，不能致也。渊明尝往庐山，弘命渊明故人赍酒半道邀之。篮舆既至，欣然共酌，俄而弘至，亦无误也。与颜延之友善，延之为始安郡过柴桑，留二万钱，渊明悉送酒。稍取酒，郡将尝侯之。值其酿熟，即取头上葛巾漉酒。漉毕，还复著之。每醉则大适对客，或先醉便语客曰：“我醉欲眠君且去。”

# 赠酒店胡姬[1]

［唐］

贺 朝

胡姬春酒店，弦管夜锵锵[2]。
红毾铺新月[3]，貂裘坐薄霜[4]。
玉盘初鲙鲤[5]，金鼎正烹羊[6]。
上客无劳散，听歌乐世娘[7]。

注释

1 胡姬：指西域出生的少女。古人诗中泛称酒店中卖酒的年轻女子。唐代长安、洛阳等地有许多酒店是胡人开的。他们多属波斯（今伊朗）系统，由西域迁居到中国内地。酒店的布置颇有异国情调，金发碧眼白皮肤的姑娘当垆卖酒，更是别具一格。岑参、李白等不少唐代著名诗人都有歌咏当垆胡姬的诗篇。大约由西域传到中国的葡萄酒只有在胡人的店里喝才够味吧。

2 “弦管”句：写奏乐侑酒。据《旧唐书·舆服志》载，开元、天宝以来，胡服、胡食、胡乐都非常流行，“弦管”，所奏即当是胡乐。章孝标《少年行》："落日胡姬楼上饮，风吹箫管满楼闻。"

3 红毾（tà）：产于西域的红色毛织地毯。《后汉书·西域传》：天竺国"又有细布、好毾㲪（dēng）"。新月：指洒在红地毯上的月光。

4 貂裘：貂皮大衣。也泛指高级皮衣。薄霜：喻指地上的月光。

5 鲙鲤：切细成片的鲤鱼肉。古人吃活鱼去皮，取鱼肉切细，蘸姜醋等佐料生食。今日本菜肴中的"生鱼片"实是我国古代食法。

6 金鼎：指铜锅。烹羊：烹羊肉。这是伊斯兰教地区的饮食习惯。

7 "上客"二句：写胡姬留客。乐世娘：歌曲名。施肩吾《戏郑申府》："年少郑郎那解愁，春来闲卧酒家楼。胡姬若拟邀他宿，挂却金鞭系紫骝。"知唐代胡姬卖酒并还可留客过夜。

# 少年行[1]

［唐］

王 维

新丰美酒斗十千[2]，咸阳游侠多少年[3]。

相逢意气为君饮，系马高楼垂柳边。

注释

1 《少年行》属乐府《杂曲歌辞》，大约由南朝宋鲍照的《结客少年场行》脱出。主要表现少年游侠的豪迈与粗犷。本题共四首，选第一首。

2 新丰：县名。汉高祖时所建。故址在今陕西省西安市临潼区东北。以产美酒著称。十千：汉魏时酒价。《野客丛书》引《典论》：汉“灵帝末年，百司湎酒，一斗直十千文”。魏曹植《名都篇》：“我归宴平乐，美酒斗十千。”后世以“十千”喻美酒，非论酒价。唐代的酒较汉代便宜得多，杜甫的时代，酒三百钱一斗。

3 咸阳：秦的国都。故址在今陕西省咸阳市东北二十里。此借指唐代国都长安。

# 夏宴张兵曹东堂[1]

［唐］

李 颀

重林华屋堪避暑[2]，况乃烹鲜会佳客[3]。

主人三十朝大夫，满座森然见矛戟[4]。

北窗卧簟连心花[5]，竹里蝉鸣西月斜。

羽扇摇风却珠汗[6]，玉盆贮水割甘瓜[7]。

云峰峨峨见冰雪[8]，坐对芳樽不知热。

醉来但挂葛巾眠[9]，莫道明朝有离别。

注释

1 这首诗所写夏宴场面和特点，颇有社会生活史方面的认识价值。宴会主人的生平及宴会地点已很难详考。据李颀《赠别张兵曹》一诗可知，张兵曹是皇族的女婿，仪表堂堂，写过《鹦鹉赋》。兵曹：官名。《新唐书·百官志》："府置兵曹司兵参军事，掌武官选、兵甲器仗、门禁管钥、军防烽候，传驿畋猎。"

2　重林：茂密的树林。华屋：华美的房舍。此指张兵曹东堂。

3　烹鲜：烹鱼。

4　“主人”二句：言主人年轻有为，身居显位。矛戟：指门戟。唐宋制度，宫庙、官府及显贵之家门前列戟以为仪仗。白居易《寄微之》：“外物竞关身底事，谩排门戟系腰章。”《宋史·舆服志》：“门戟，木为之而无刃，门设架列之。谓之棨戟。天子宫殿门左右各十二……臣下则诸州公门设焉，私门则府第恩赐者许之。”

5　簟（diàn）：竹席。连心花：指竹席的花纹。

6　羽扇：羽毛制成的扇子。却珠汗：消去汗珠。

7　“玉盆”句：言把瓜果放在冷水中浸泡，使变凉。甘瓜：大约是西瓜之类。古人在夏季经常用水把瓜果冰凉后再食用，即所谓浮瓜沉李。杜甫诗：“落刃嚼冰霜，开怀慰枯槁。”李商隐诗：“甘瓜剖绿出寒泉，碧瓯浮花酌春浆。”

8　云峰峨峨：高耸入云的山峰。见冰雪：极言山之高，似乎夏日可见冰雪。

9　葛巾：葛布制成的头巾。此暗中关合晋陶渊明以葛巾漉酒的故事。（见《宋书·陶潜传》）

# 龙标野宴[1]

［唐］

王昌龄

沅溪夏晚足凉风[2]，春酒相携就竹丛。

莫道弦歌愁远谪[3]，青山明月不曾空[4]。

## 注释

1　王昌龄于天宝年间由江宁（今江苏省南京市）丞被贬为龙标（今湖南省洪江县）县尉。听到这个消息，大诗人李白挥笔写下了《闻王昌龄左迁龙标遥有此寄》这首出色的七绝，诗曰："扬花落尽子规啼，闻道龙标过五溪。我寄愁心与明月，随风直到夜郎西。"这首野宴诗是王昌龄在龙标贬所写的。诗中表现了他不以仕宦升沉为累的阔大胸襟。

2　沅溪：在湖南、贵州接壤地带，由北向东南流经龙标县。即李白诗"闻道龙标过五溪"的"五溪"之一。

3　"莫道"句：言弹琴唱歌并不带远谪的愁意。

4　"青山"句：言樽中美酒不曾空对着青山明月。李白《将进酒》："莫使金樽空对月。"

# 宴荣二山池[1]

［唐］

孟浩然

甲第开金穴[2]，荣期乐自多[3]。

枥嘶支遁马[4]，池养右军鹅[5]。

竹引携琴入，花邀载酒过[6]。

山公来取醉，时唱接䍦歌[7]。

注释

1　荣二：亦称荣山人，事迹不详。当是与孟浩然同居襄阳（湖北省襄阳市）的隐士。诗中征引荣期、支遁、王羲之、山简等清雅之士的典事，赞美荣山人清俊淡泊的品格。

2　甲第：显贵人家的宅第。金穴：比喻极富贵的人家。《后汉书·郭皇后纪》载，京师称郭后弟弟郭况家为“金穴”。

3　荣期：一名荣启期。春秋时人。孔子游泰山时见他鼓琴而歌，便问他有何乐事。他说：“吾乐最多。天生万物，人为贵，吾得为人，一乐也；男女之别，男尊女卑，吾得为男，二乐也；人生有不见日月、不免襁褓者，吾行年九十矣，三乐也。”（见

《列子·天瑞》）此以荣期喻荣二山人。

4 枥：马槽。支遁：东晋名士。年二十五岁出家事佛。他非常喜欢养马，但并不骑乘，有人讥笑，他说："贫道重其神骏。"因荣二是隐士，所以把他厩中的马称为"支遁马"。

5 右军：指王羲之。因他做过右军将军，故又称王右军。他是东晋著名书法家，其书法一变汉魏古朴的书风，倡妍美流丽之体，因此很受人们的喜爱。据《晋书·王羲之传》载：他很喜欢山阴（今浙江省绍兴市）道士的鹅，道士便请他书写老子《道德经》换鹅。此或借以赞美荣二的书法。

6 "竹引"二句：言花竹之美，吸引客人携琴载酒过访。另一本作"竹引嵇琴入，花邀戴客过"。嵇琴，嵇康之琴；戴客，或指东晋雕塑家戴逵。据《晋安帝纪》载，逵专与高门风流者交往。

7 山公：指山简。接篱：帽名。两句参见庾信《卫王赠桑落酒奉答》注 6。此是孟浩然自指。

# 客中作[1]

［唐］

李 白

兰陵美酒郁金香[2]，玉碗盛来琥珀光[3]。

但使主人能醉客，不知何处是他乡[4]。

注释

1　这首诗有的研究者认为是开元二十四年（736）李白初游东鲁时所作。李白于天宝初年（注：天宝年间为742年——756年）长安之行以后，移家东鲁。这首诗作于东鲁兰陵，而以兰陵为“客中”，则应为诗人入京前（开元年间）的作品。在繁荣的社会背景中，李白更是重友情，嗜美酒，爱游历祖国的河山景致。这些，在他的心中都充满了美丽。这首诗表现了李白豪放不羁的个性和盛唐的繁荣景象。

2　兰陵：县名。隋始设，治所在今山东省临沂市兰陵县。郁金：香草名。地下部分有块根、块茎，夏季开粉白色花，有香气。我国自周朝即开始用郁金草煮水酿酒，《周礼·春官》有这方面的记载。

3　琥珀光：言酒液深黄，透明如琥珀。郁金草的块根、块茎为黄色。

4 “但使”二句：言主人好客，客人恋主。表现出李白的豪放和豁达。

| 延伸阅读 |

千日方醒

刘玄石从中山沽酒，酒家以千日酒与之，抵家大醉。其家不知，以为死矣，遂敛葬。酒家计满千日当醒，遂往视之，发冢开棺。玄石方醒起坐棺冢。语云：“玄石饮酒一醉千日。”

# 襄阳歌[1]

［唐］

李白

落日欲没岘山西[2]，倒著接䍦花下迷[3]。
襄阳小儿齐拍手，拦街争唱《白铜鞮》[4]。
傍人借问笑何事，笑杀山翁醉似泥[5]。
鸬鹚杓，鹦鹉杯[6]，百年三万六千日，
一日须倾三百杯[7]。
遥看汉水鸭头绿，恰似葡萄初酦醅[8]。
此江若变作春酒，垒曲便筑糟丘台[9]。
千金骏马换小妾[10]，笑坐雕鞍歌落梅[11]。
车傍侧挂一壶酒[12]，凤笙龙管行相催[13]。
咸阳市中叹黄犬，何如月下倾金罍[14]。
君不见晋朝羊公一片石，
龟头剥落生莓苔[15]。
泪亦不能为之堕[16]，心亦不能为之哀。

清风朗月不用一钱买[17]，

玉山自倒非人推[18]。

舒州杓、力士铛[19]，李白与尔同死生。

襄王云雨今安在，江水东流猿夜声[20]。

## 注释

1　这首诗是李白漫游襄阳（今湖北省襄阳市）时写下的。从襄阳的历史人物入手，写豪饮和酒醉的幻觉与疏狂，也写从酒中得到的快乐。全诗纵横捭阖，洋溢着乐观向上的精神和蓬勃的生命力。

2　岘山：据《元和郡县志》记载，岘山在襄阳城东南九里。

3　“倒著”句：写山简醉酒故事。见庾信《卫王赠桑落酒奉答》注 6。

4　白铜鞮：本作“白铜蹄”，齐梁时襄阳童谣。据《隋书·乐志》记载：南齐末萧衍行雍州府事，镇襄阳，时有童谣曰：“襄阳白铜蹄，反缚扬州儿。”后萧衍果起兵襄阳，铁马（铜蹄）入建康，不久称帝（梁武帝）。萧衍称帝后更造新声，自为词三首，又令沈约为三首。词见郭茂倩《乐府诗集》，题作《襄阳蹋铜蹄》。李白另有《襄阳曲》曰：“襄阳行乐处，歌舞《白铜鞮》。江城回渌水，花月使人迷。”

5　“笑杀”句：以豪饮名士山简自喻。

6　鸬鹚杓：略呈半球形的长柄木勺。鸬鹚是一种长颈水鸟，此以喻杓柄的细长状，并与下面的“鹦鹉杯”成巧对。杓，同“勺”。宋以前诗中提到的浊酒与今之米酒相似，是连糟一起吃的，所以要用长柄勺舀酒。汉代画像砖的饮酒图常在酒樽上画一柄木勺。鹦鹉杯：见李适《侍宴安乐公主新宅应制》注3。

7　“百年”句：略指人生一世的时间。“一日”句：用汉代郑玄的典故。据《世说新语·文学》注所引《郑玄别传》载：袁绍饯别郑玄时，想把他灌醉，宴会上的三百多人皆离席向郑玄敬酒，从早晨到天黑，郑玄大约喝了三百杯酒，却神态自若。此两句言人生一世，当日日豪饮。

8　“遥看”二句：把汉水的绿色与葡萄酒的绿色联系起来，狂言醉语，天然成趣。鸭头绿：鸭头那样的绿色。葡萄：指葡萄酒。据宋钱易《南部新书》记载，唐太宗攻破高昌国时，曾带回马奶葡萄的种子种在宫苑里，并改进高昌造酒法，试酿新酒，酒呈绿色。从此长安才有了绿色的葡萄酒。酦醅（pō pēi）：未经过滤的重酿酒。酦，二度投料酿造的酒；醅，浊酒。

9　“此江”二句：言若以汉水酿成酒，则曲糟可成山丘高台。大约从夏桀糟丘酒池的传说中脱胎而出。《韩诗外传》云：“（夏）桀为酒池，可以运舟，糟丘足以望十里。”

10　“千金”句：用后魏曹彰的典故。唐李冗《独异记》：“后魏曹彰性倜傥，偶逢骏马，爱之，其主所惜也。彰曰：‘予有美妾可换，惟君所选。’马主因指一妓，彰遂换之。”

11　落梅：歌曲名。即《梅花落》之类。

12　“车傍”句：似由晋刘伶的典事中化出。《世说新语·文学》注引《名士传》："（刘伶）常乘鹿车，携一壶酒，使人荷锸随之，云：'死便掘地以埋。'"

13　"凤笙"句：言乘车出行时亦以音乐侑酒。

14　叹黄犬：用李斯的故事。李斯本是楚国上蔡人，西入秦国辅佐秦始皇完成统一六国的大业，官至宰相。最终在权力斗争中遭陷害，被腰斩于秦都咸阳。临刑前他对儿子说："吾欲与若（你）复牵黄犬，出上蔡东门逐狡兔，岂可得乎？"（见《史记》本传）这两句诗的意思是：与其像李斯这样参与政治而追悔莫及，还不如对月饮酒，及时行乐。

15　羊公：指羊祜。据《晋书》本传载，羊祜在襄阳时经常登岘山，欣赏山川之美，饮酒赋诗，终日不倦。死后，襄阳百姓为他在岘山立碑，纪念他的功绩和人品。一片石：指碑石。北朝温子昇尝作《韩陵山寺碑》，庾信入北朝后对此碑文非常推崇，认为北方的文章"惟有韩陵山一片石堪共语"（见《朝野签载》）。龟头：碑的底座为龟形。这两句诗意谓死后千秋万岁名，不如生前一杯酒。

16　"泪亦"句：据《晋书》载，人们到羊祜碑前祭享时常常望碑流泪，因此又把碑称为"堕泪碑"。诗言时过境迁，不必为死人悲哀流泪。

17　"清风"句：言当醉赏清风明月。六朝人常咏清风明月，以示自己的高洁。南朝陈谢谌曾说："入吾室者但有清风，对吾饮者唯当明月。"（《南史·谢谌传》）

18　"玉山"句：用嵇康典故。《世说新语》说，嵇康身材伟岸，皮肤白皙，当时人形容他颓然醉倒时的样子是"傀俄若玉山之将崩"。

19　舒州杓：舒州所产之酒杓。舒州为唐代郡名，一度改同安郡。治所在今安徽省潜山县。据《新唐书·地理志》记载，这里出产的酒器是朝廷供品，很精致。铛（chēng）：温器。有酒铛、茶铛等。《新唐书·韦坚传》："豫章（今江西省）力士瓷饮器、茗铛。""力士铛"，指高级的酒具。

20　襄王云雨：写楚襄王夜梦巫山神女的故事。典出宋玉《神女赋》：楚襄王与宋玉游于云梦之浦，宋玉向襄王讲述了他父亲怀王昼梦神女事，神女说她在"巫山之阳，高丘之阻。旦为朝云，暮为行雨"。当晚，襄王也梦到了神女。江水：指长江流水。此两句通过对帝王、美人的否定来写饮酒的乐趣。

| 延伸阅读 |

### 避贤乐圣

李适之，京兆人，官太子少保。坐李林甫赞落职，与亲戚故人欢饮。赋诗曰："避贤处罢相，乐圣且衔杯。"有蓬莱盏，海山螺，舞仙螺，瓠子卮，慢卷荷，金蕉叶，玉蟾儿，杜诗"饮中八仙"之一。

# 月下独酌（选二首）[1]

［唐］

李　白

## 其一

花间一壶酒，独酌无相亲。

举杯邀明月，对影成三人[2]。

月既不解饮，影徒随我身[3]。

暂伴月将影，行乐须及春。

我歌月徘徊，我舞影零乱[4]。

醒时同交欢，醉后各分散。

永结无情游[5]，相期邈云汉[6]。

## 其二

天若不爱酒，酒星不在天[7]。

地若不爱酒，地应无酒泉[8]。

天地既爱酒，爱酒不愧天。

已闻清比圣，复道浊如贤[9]。
贤圣既已饮，何必求神仙？
三杯通大道[10]，一斗合自然。
但得酒中趣，勿为醒者传[11]。

## 注释

1　此诗有的研究者认为作于天宝三载（744）李白离开长安以后。本题四首，这里选第一、二两首。第一首写独酌的情形，将明月、影子同自己合算成三个人，构思奇巧，很可见出诗人的性格特点。但与《襄阳歌》相比，已完全失去那种昂扬向上的乐观精神和蓬勃的生命力，流露出世无知己的寂寞之感。第二首是以调侃的口气为饮酒“正名”，说饮酒是天经地义，合乎“大道”、合乎“自然”的“正经事”，其中的奥妙只可意会，不可言传。

2　“举杯”二句：言人、月、影成“三人”。从“无相亲”生出相亲者，而相亲者又是无知而不可亲者。手法浪漫，构思新巧。秦观《宁蒲书事》：“身与杖藜为二，对月和影成三”；苏轼《念奴娇·中秋》：“我醉拍手狂歌，举杯邀月，对影成三客。”均从“举杯”二句化出。

3　“月既”二句：言月和影都是无知觉的朋伴。

4　“我歌”二句：写月下起舞的情景。构思句法似拟谢朓《隋王鼓吹曲十首·钧天曲》：“威凤来参差，玄鹤起凌乱。”

5　无情：指月、影均无知觉感情。

6　邈（miǎo）：远，高远。云汉：银河。这里借指仙境。

7　酒星：即酒旗星。《晋书·天文志》：“轩辕右角南三星日酒旗，酒官之旗也，主宴飨饮食。”

8　酒泉：指汉时所立酒泉郡。参见《酒德歌》注 2。孔融《与曹操论酒禁书》曰：“酒之为德久矣，……故天垂酒星之耀，地列酒泉之郡，人著旨酒之德。”（见《后汉书·孔融传》）以上四句由此化出。

9　“已闻”二句：典出《魏略》。据《艺文类聚》所引《魏略》说：曹操明令禁酒时，有人偷着饮，不敢提“酒”字，便把漉去糟的清酒称为“圣人”，把带糟的浊酒称为“贤者”。

10　大道：真理、事物的真谛。

11　酒中趣：语出《晋书·孟嘉传》：“（桓）温问嘉：‘酒有何好，而卿嗜之？’嘉曰：‘公未得酒中趣耳。’”佯狂纵酒的人往往在酒中寄托着非常复杂的思想情绪，的确很难用言辞来表述。

# 将进酒[1]

[唐]

李白

君不见，黄河之水天上来[2]，
奔流到海不复回。
君不见，高堂明镜悲白发，
朝如青丝暮成雪。
人生得意须尽欢，莫使金樽空对月[3]。
天生我材必有用，千金散尽还复来[4]。
烹羊宰牛且为乐，会须一饮三百杯[5]。
岑夫子、丹丘生[6]，将进酒，杯莫停。
与君歌一曲，请君为我倾耳听。
钟鼓馔玉不足贵[7]，但愿长醉不复醒。
古来圣贤皆寂寞，惟有饮者留其名。
陈王昔时宴平乐[8]，斗酒十千恣欢谑[9]。
主人何为言少钱，径须沽取对君酌[10]。

五花马、千金裘，呼儿将出换美酒[11]，

与尔同销万古愁。

## 注释

1　《将进酒》是汉乐府旧题，属《短箫铙歌》，其乐曲至唐代未佚。李白此诗当时或是可以歌唱的。诗作于李白被放还，离开长安漫游梁宋（今河南省开封市至山东省单县一带）之时。诗以豪迈狂放之语，抒压抑困苦之情，成一泻千里之势，是体现李白诗风的代表作品。

2　“黄河”句：黄河发源于青海省巴颜喀拉山脉，穿高原峡谷而下，登高西望，直接天际，确有“天上来”之感。

3　“高堂明镜”四句：言悲愁可使人迅速衰老，因此当及时行乐。诗中流露出仕途失意的愤慨情绪。

4　“天生我材”二句：表现出诗人的自信和乐观。千金散尽：据李白《上安州裴长史书》自述，他早年出蜀东游扬州时，“不逾一年，散金三十余万”，用以赈济落魄公子。

5　会须：应该。三百杯：参见《襄阳歌》注 7。

6　岑夫子：指岑勋，南阳人。丹丘生：元丹丘，唐代隐士。二人都是李白的朋友，曾邀李白相会饮酒。李白有《酬岑勋见寻就元丹丘对酒相待以诗见招》一诗记其事。

7　钟鼓馔玉：古时富贵之家门客众多，饭时鸣钟，列鼎而食。

馔（zhuàn）玉，言饮食精美。

8　陈王：指曹植。曾被封为陈王。平乐：平乐观。汉明帝时所建，故址在洛阳西门外。

9　斗酒十千：参见王维《少年行》注2。恣欢谑：纵情欢乐游戏。

10　“主人”二句：意思说：主人不必嫌钱少，只管取酒给我们喝！

11　五花马：骢马的一种，青白色，身上长有旋毛，以旋毛的数目论“花”。唐代宗的御马身上长有九朵旋毛，因此叫“九花虬”。千金裘：非常珍贵的皮裘。此言以骏马衣裘换酒。历史上许多名士都有貂裘换酒的佳话。《西京杂记》载：“司马相如初与卓文君还成都，居贫愁懑，以所服鹔鹴裘就市贳酒，与文君为欢。”《晋书》中也记有阮孚“以金貂换酒”的故事。

| 延伸阅读 |

待酒

［唐］李　白

玉壶系青丝，沽酒来何迟。

山花向我笑，正好衔杯时。

晚酌东篱下，流莺复在兹。

春风与醉客，今日且相宜。

# 山中与幽人对酌[1]

［唐］

李　白

两人对酌山花开，一杯一杯复一杯。
我醉欲眠卿且去，明朝有意抱琴来[2]。

注释

1　这首诗是李白失意时所作。诗非常口语化，显得很随便，表现出闲散、无聊和疏狂的情调。幽人：幽居之人，隐士。

2　“我醉”二句：化用陶渊明的典故。据《宋书·陶潜传》记载，陶渊明非常喜欢喝酒，无论来访的客人身份贵贱，只要有酒便拿出来同客人共饮。如果自己先醉了，便对客人说：“我醉欲眠，卿可去。”

# 戏问花门酒家翁[1]

［唐］

岑参

老人七十仍沽酒[2]，千壶百瓮花门口[3]。

道傍榆荚仍似钱，摘来沽酒君肯否[4]。

注释

1　此诗是天宝十载（751）春天岑参在凉州时所作。凉州治所在姑臧，即今甘肃省武威市。花门：即花门楼。当是凉州客舍的名字。岑参《凉州馆中与诸判官夜集》诗：“花门楼前见秋草。”唐代的客栈多兼卖酒饭。

2　沽酒：此指卖酒。

3　“千壶”句：言花门楼口摆满了酒瓮。

4　“道傍”二句：言欲以榆钱买酒。关联诗题中的“戏”字，是幽默的玩笑。榆荚：亦称榆钱，榆树的果实。春天榆树未生叶时先生荚，连缀成串，形状似钱。

# 酒泉太守席上醉后作[1]

[唐]

岑参

琵琶长笛曲相和，羌儿胡雏齐唱歌[2]。
浑炙犁牛烹野驼[3]，交河美酒金叵罗[4]。
三更醉后军中寝，无奈秦山归梦何[5]。

注释

1 酒泉：郡名。汉代所置酒泉郡至隋时废，分置肃州，唐天宝元年（742）复称酒泉郡。郡治地处关陇，是唐代连通内地与北庭、安西都护府的交通要道。这首诗可能是至德二年（757）春诗人由北庭东归途经酒泉时所作。诗中描绘了北部边塞的饮酒场面，风格粗犷；而结尾的收转，又使诗在粗犷中增添了几分悲凉。

2 “琵琶”二句：写席上奏乐唱歌场面。酒泉一带北近突厥，南邻吐蕃，一定会有汉民族与北地少数民族杂居的情况。因此，酒宴上侑酒的乐器是北方少数民族用的乐器，唱歌的也是胡人羌儿。羌：吐蕃。

3 犁牛：毛色黄黑相杂的一种牛。烹野驼：烹野骆驼肉。骆驼是沙漠地带不可缺少的运输工具，吃骆驼肉是北方少数民族的饮食习惯，随着民族间的文化交流，驼肉不仅进入汉民族的食谱，炖驼峰还成为唐朝的宫廷名菜。

4 交河：唐天宝元年（742）改西州为交河郡，辖境相当于今新疆吐鲁番盆地一带，治所在高昌，即今吐鲁番东南达克阿奴斯城。这里出产葡萄美酒。叵罗：一种圆形酒器。

5 “三更”二句：意谓无论白天做出怎样豪放的姿态，睡梦里仍不免会思念家乡。秦山：指长安附近的终南山。此时岑参家居长安。

| 延伸阅读 |

金龟换酒

秘书郎贺知章，一见李白，呼为“谪仙人”。以金龟换酒共饮长安市中。知章后忽鼻出黄胶数盆。医者谓饮酒之过。

# 夜宴左氏庄[1]

［唐］

杜　甫

林风纤月落[2]，衣露静琴张[3]。
暗水流花径，春星带草堂[4]。
检书烧烛短[5]，看剑饮杯长[6]。
诗罢闻吴咏[7]，扁舟意不忘[8]。

## 注释

1　这首诗大约是杜甫三十岁居河南时所作。此时，诗人结束了吴越、东鲁之游，在洛阳东首阳山下建起陆浑庄。左氏庄当与陆浑庄邻近。诗写夜宴情景；虽尚未形成杜甫自己的艺术风格，但描绘细腻而不见痕迹，是风韵绝妙的成功之作。

2　纤月：细而弯的新月。

3　衣露：露湿衣裳。静琴张：言夜深人静，弹奏雅琴。

4　“暗水”二句：上句写听觉，下句写视觉。一“带”字反映出星星初现的景象。这两句是历来传诵的佳句。

5　检书：翻阅书籍。烧烛短：蜡烛都烧短了。写“检书”时间之长。

6 “看剑”句：言把酒看剑。李白、杜甫等唐代诗人都写到剑，看来唐代文人也是佩剑的。或许在出门时佩剑作防身之用。但写在诗里的“剑”已成为一种意象，象征昂扬向上的精神和政治抱负。

7 吴咏：吴歌。吴地的歌曲。与杜甫同时在左氏庄做客的或许有吴地人。

8 扁舟意：浪迹江湖之意。

| 延伸阅读 |

汉书下酒

苏舜钦，字子美，豪放不羁，好饮酒。在外舅杜祁公家，每夕读书以一斗为率。公使人密觇之，闻子美读《汉书·张良传》，至良与客狙击秦皇帝，误中副车，遽抚掌曰："惜乎不中！"遂满引一大白。又读至良曰"始臣起下邳，与上会于留，此天以授陛下"，又抚案曰："君臣相遇，其难如此！"复举一大白。公闻之，大笑曰："有如此下酒物，一斗不足多也。"

# 饮中八仙歌[1]

［唐］

杜甫

知章骑马似乘船，眼花落井水底眠[2]。
汝阳三斗始朝天，道逢曲车口流涎，
恨不移封向酒泉[3]。
左相日兴费万钱，饮如长鲸吸百川，
衔杯乐圣称避贤[4]。
宗之潇洒美少年，举觞白眼望青天，
皎如玉树临风前[5]。
苏晋长斋绣佛前，醉中往往爱逃禅[6]。
李白一斗诗百篇，长安市上酒家眠，
天子呼来不上船，自称臣是酒中仙[7]。
张旭三杯草圣传，脱帽露顶王公前，
挥毫落纸如云烟[8]。
焦遂五斗方卓然，高谈雄辩惊四筵[9]。

## 注释

1　本篇写唐玄宗开元至天宝年间贺知章、李琎、李适之、崔宗之、苏晋、李白、张旭、焦遂八个豪饮之士。唐范传正《李公新墓碑》曰："时人以公（指李白）及贺监、汝阳王、崔宗之、裴周南等八人为酒中八仙，朝列赋谪仙歌百馀首。"由此可知，八仙歌是风行一时的题材。有学者认为此诗作于天宝五载（746）杜甫初到长安之时，然而八仙中苏晋卒于开元二十二年（734），贺知章卒于天宝三年（744），李适之卒于天宝六年（747），杜甫此诗可能是根据流行题材写其旧事。诗分写八个人物，神气活现，于无连贯中体现出连贯性，可谓神来之笔。沈德潜在《唐诗别裁集》中评论说："前不用起，后不用收，中间参差历落，似八章仍是一章，格法古未曾有。"

2　"知章"二句：写贺知章。知章越州永兴（今浙江省杭州市萧山区）人，自号四明狂客，官至秘书监，晚年辞官为道士。喜欢饮酒，据《旧唐书》记载："醉后属辞，动成卷轴，文不加点，咸有可观。"似乘船：贺知章的家乡多是水路，以船为车，以楫为马，此用以写他骑在马上晃晃悠悠的醉态，非常精当。

3　"汝阳"三句：写唐玄宗的侄子李琎。他曾被封为汝阳郡王，与贺知章为诗酒之交。朝天：朝见皇帝。曲车：装酒曲的车。我国在殷商时期已开始成熟地、大规模地制曲和用曲酿酒；南北朝时期的农书《齐民要术》记录了九种制曲的方法，大多以小麦、粟米为原料，发酵而成。酒泉：酒泉郡。参见《酒德歌》注 2。

4　“左相”三句：写左丞相李适之。他是唐太宗的曾孙，天宝元年（742）为左丞相，与右相李林甫不合，天宝五载（746）辞任，第二年服毒自杀。据《旧唐书》记载，他白天处理公务，晚上大宴宾客，饮酒一斗而思维不乱。辞官后赋诗曰：“避贤初罢相，乐圣且衔杯。为问门前客，今朝几个来？”

5　“宗之”三句：写崔宗之。他是辅佐玄宗即位的功臣崔日用的儿子，袭父爵为齐国公，官至侍御史。贬官金陵时，曾与李白倡和。玉树临风：形容崔宗之风姿秀美，超逸潇洒。临风，亦兼写其醉酒后的摇曳之态。

6　“苏晋”二句：写武则天时重臣苏珦的儿子苏晋。他曾为摄政时的玄宗草拟诏书，历任户部、吏部侍郎。其敬佛、爱酒事无考。

7　“李白”四句：写李白。据《旧唐书》记载，李白供奉翰林，仍每日与酒徒在酒肆中饮酒。一天玄宗作曲，亟召李白填词，李白已在酒家醉倒。“召入，以水洒面，即令秉笔，顷之成十馀章，帝颇嘉之”。又据范传正《李公新墓碑》载：一次玄宗泛舟白莲池，欢宴中召李白作序，李白正醉酒于翰林院，于是命高力士扶着李白登舟作文。

8　“张旭”三句：写张旭。张旭，唐吴郡（今江苏省苏州市）人，精通书法，尤以草书最为知名，是贺知章的好友。据《旧唐书》说，他非常喜欢饮酒，醉后呼号狂走，“索笔挥洒，变化无穷，若有神助”。《唐国史补》还说他醉后曾以头濡墨作书，人称“张颠”。

9　“焦遂”二句：写焦遂。遂是与进士、文人有交往的平民布衣。可能与杜甫相识。四筵：四座。

# 乐游园歌[1]

［唐］

杜甫

乐游古园崒森爽[2]，烟绵碧草萋萋长[3]。
公子华筵势最高[4]，秦川对酒平如掌[5]。
长生木瓢示真率，更调鞍马狂欢赏[6]。
青春波浪芙蓉园[7]，白日雷霆夹城仗[8]。
阊阖晴开詄荡荡[9]，曲江翠幕排银榜[10]。
拂水低回舞袖翻，缘云清切歌声上[11]。
却忆年年人醉时，只今未醉已先悲。
数茎白发那抛得，百罚深杯亦不辞[12]。
圣朝亦知贱士丑[13]，一物但荷皇天慈[14]。
此身饮罢无归处，独立苍茫自咏诗[15]。

## 注释

1　乐游园：亦称乐游苑，或称乐游原。汉宣帝时所建，在长安城南。唐长安年间(701—704)，太平公主曾于原上置亭游赏。每年三月三上巳节，九月九重阳节，长安人都要到这里踏青、登高，帐幕云布，车马填塞，彩虹映日，馨香满路。朝中文人在这里赋的诗，第二天就会传遍全城。杜甫此诗大约作于正月晦日（月中最后一日）。诗首写朋友的华筵，次悬想朝廷的游乐，篇末抒发了自己怀才不遇的悲愤与感慨。

2　崒森爽：言乐游园地势高敞。崒（zú），高峻而危险；森爽，疏朗而开阔。

3　“烟绵”句：写春日碧草如烟。有学者考订，隋唐时期长安气候温暖，因此，虽正月里绿草已经很茂盛了。萋萋：草木繁盛的样子。

4　公子：《文苑英华》本标题为《晦日贺兰杨长史筵醉歌》，据此可知“公子”即指杨长史。诗是在杨公子酒筵上所作。

5　“秦川”句：写秦川之平坦。《长安志》载：“乐游原居京城之最高，四望宽敞，京城之内，俯视如掌。”秦川：指今陕西、甘肃秦岭以北平原地带。因春秋、战国时地属秦国而得名。

6　“长生”二句：上句写饮酒，下句写游幸。长生木瓢：用长生木制作的酒瓢。据《西京杂记》载，汉上林苑有长生树。晋嵇含写过《长生木赋》。以长生木雕为瓢，大约是取其谐“长生”之意。

7　“青春”句：写芙蓉池中的春波。长安城东南曲江边上有芙蓉园，园内有池名芙蓉池，是唐朝的南苑。

8　白日雷霆：指皇帝游幸车队的隆隆声响。雷霆：形容车声。夹城：由两排遮拦物组成的夹道。据《两京新记》载：“开元二十年筑夹城，入芙蓉园。”皇帝可由皇宫穿夹城直接进入园中。仗：指皇帝出行的仪仗。

9　阊阖（chāng hé）：天门。此指皇宫之门。诀（dié）荡荡：旷荡的样子。借用汉代郊祀歌《天门》句：“天门开，诀荡荡。”（见《汉书·礼乐志》）

10　曲江：即曲江池。在长安城东南角，唐末已干涸荒废。翠幕：翠羽装饰的豪华帷帐。排：列挂。银榜：银制牌榜。据《北史》记载，十六国后秦统治者姚苌“张翠幕绣帘，挂金篆银榜”。诗写玄宗游园的场面。

11　“拂水”二句：写曲江边为皇帝侑酒、娱乐而表演的歌舞。“缘云”句：犹今所谓“歌声响入云霄”。

12　“却忆”四句：有叹老嗟悲之意。暗寓盛衰之感。

13　“圣朝”句：言朝廷关心贱士。实含有不满之意。天宝五载（746），杜甫初到长安参加全国性的招贤考试，宰相李林甫怕下层知识分子反映社会弊端，所以一人都不予录取，却上表向皇帝祝贺，说是“野无遗贤”。天宝十载（751），杜甫向朝廷献《三大礼赋》，得到皇帝赏识，诏令宰相试文章。大约又是李林甫从中作梗，杜甫还是未能高中。两次重大打击，使他心情沉重，所以写出“圣朝亦知贱士丑”的悲愤之词。

14　“一物”句：言饮酒亦蒙朝廷恩宠。一物：杯中物，即酒。皇天慈：指皇帝的慈悲。

15　“此身”二句：言孤独无托。语带悲凉。苍茫：旷远无边。有时用来形容情怀之空虚落寞。

# 遭田父泥饮美严中丞[1]

［唐］

杜 甫

步屧随春风[2]，村村自花柳。
田翁逼社日[3]，邀我尝春酒。
酒酣夸新尹，畜眼未见有[4]。
回头指大男：“渠是弓弩手。
名在飞骑籍，长番岁时久[5]。
前日放营农[6]，辛苦救衰朽[7]。
差科死则已，誓不举家走[8]。
今年大作社[9]，拾遗能住否[10]？”
叫妇开大瓶，盆中为吾取。
感此气扬扬，须知风化首。
语多虽杂乱，说尹终在口。
朝来偶然出，自卯将及酉[11]。
久客惜人情，如何拒邻叟[12]。

高声索果栗，欲起时被肘。

指挥过无礼，未觉村野丑。

月出遮我留，仍嗔问升斗[13]。

注释

1　这是一首别具一格的饮酒诗。诗中描写了农家的宴饮场面和田父憨厚淳朴的性格形象。曾做过朝廷命官的杜甫能够从清晨至夜晚在农家与田父开怀痛饮，闲话家常，在当时是具有进步意义的。从诗的字里行间可以体会到大诗人对人民有着怎样深厚的感情。此诗当作于广德二年（764）春社之时。严中丞：即严武。他是杜甫的朋友，曾做过御史中丞，广德二年（764），代宗诏令合剑南东、西川为一道，以严武为节度使兼成都尹。杜甫初到成都时曾在生活方面得到严武的帮助，因此在写与田父泥饮的同时，也借田父之口赞扬了严武的政绩。

2　步屧（xiè）：穿屧行走。屧，木屐。

3　社日：古时春秋两次祭祀土地神（社神），一般在春分或秋分前后，称春社或秋社。诗中所说的是春社。逼：临近。

4　新尹：指新拜成都尹的严武。“畜眼”句：言平生未见过。两句赞美严武。

5　“回头”四句：说大儿子是飞骑籍的弓弩手，而且当番头的时间已经很长了。唐时兵役制度：抽各户强壮男子，在当地集中训练，并按照一定形式编组。组长叫番头，要学习弩射。其中身手矫健的，要编在“飞骑籍”中。

6　放营农：言在农忙时放归在籍的男子回家务农。

7　“辛苦”句：言帮了大忙，使他免于辛苦的田间劳动。衰朽：体弱的老头，此为田父自指。

8　“差科”二句：言各种差役除非到了要人命的程度，我是不会全家搬走的。言外之意是说舍不得离开严武这个好官。

9　大作社：言春社祭祀活动规模很大。

10　拾遗：指杜甫。至德二年（757），杜甫在朝廷做过三个半月的左拾遗（拜官时间是五月十六日，离开朝廷上路还家的时间是闰八月初一）。

11　自卯将及酉：犹言从早到晚。古时将一昼夜按地支分为十二个时辰，零点至凌晨两点为子时，两点至四点为丑时，依次类推，早晨六点至八点为卯时，晚上六点至八点为酉时。从这句诗看，杜甫在田父家逗留整整一天。

12　邻叟：比邻的老人。田父的农舍当与杜甫草堂相距不远。

13　“高声”六句：写田父热情留客的言谈举止。声音笑貌并出。前人评曰：“正使班马（班固、司马迁）记事，未必如此亲切。千百世下，读者无不绝倒。”被肘：挽胳膊留客的动作。言起身时被田父用胳膊肘按下。肘，作动词用。嗔（chēn）：责怪。问升斗：问酒量。升、斗为量酒器。“仍嗔”句：言田父责怪杜甫不该计算酒量。意即开怀痛饮，一醉方休。

# 寄李袁州桑落酒[1]

［唐］

郎士元

色比琼浆犹嫩，香同甘露仍春[2]。
十千提携一斗[3]，远送潇湘故人[4]。

注释

1　袁州：治所在今江西宜春市。李袁州，袁州刺史李某。其生平事迹，今已很难考订。从“远送潇湘故人”一句看，他是诗人的朋友，当时正居于潇湘一带。郎士元诗集中另有《送李敖湖南书记》一诗，诗曰：“怜君才与阮家同，掌记能资亚相雄。入楚岂忘看泪竹，泊舟应自爱江枫。诚知客梦烟波里，肯厌猿鸣夜雨中。莫信衡湘书不到，年年秋雁过巴东。”李敖与李袁州是否同一人，待考。桑落酒：北魏时期开始流行的谷物酿造酒。参见庾信《卫王赠桑落酒奉答》注 1。

2　“色比”二句：写酒色和酒味，如同琼浆和甘露。仍春：依然是酒味。唐人称酒为“老春”。

3　“十千”句：参见王维《少年行》注 2。

4　潇湘：湘水源出广西兴安县，东北流入湖南境内，至永州零陵西潇水汇入，称潇湘。又东北流经湘潭、长沙等地入洞庭湖。

# 酬柏侍御答酒[1]

［唐］

王 建

茱萸酒法大家同[2]，好是盛来白碗中[3]。

这度自知颜色重[4]，不消诗里弄溪翁[5]。

注释

1　侍御：是唐代御史台三院侍御史、殿中侍御史、监察御史的通称。柏侍御，生平未详。从诗题看他是王建的朋友，王建请他喝酒（或是送他酒）后曾写诗作答；王建读了他的答酒诗，又写此诗回复。

2　茱萸酒：浸了茱萸子的酒。《成都古今记》载："蜀人每进酒，辄以艾子（茱萸子的别称）一粒投之，少顷香满盂盏。"此外福建等地也有饮茱萸酒的风习。茱萸，一种药性植物，树高丈余，皮青绿，叶紫色，三月开红紫色细花，秋结实如花椒子；实结于梢头，色紫，团簇如花，香气浓烈。古时人每到重阳节，便将结子的茱萸枝折下来插在头上，认为这样可以避邪气。茱萸有祛风却痛、通气化瘀、开胃健脾等功能，饮茱萸酒有益健康。

3 “好是”句：言酒好就好在盛于白碗中。因为茱萸子呈深紫色，浸在酒里会使酒液变红，而盏白酒红的颜色对比会给人以美感。

4 颜色重：当指醉酒后的面色。

5 “不消”句：针对柏侍御的答酒诗而发，意思是：不必在诗里开我的玩笑了吧。弄：调弄，开玩笑。溪翁：当是王建自指，意同于“山人”“野老”之类，表示自己与山水自然为友而远于尘俗。

| 延伸阅读 |

醉乡日月

皇甫松《醉乡日月》曰，凡醉各有所宜，醉花宜昼，袭其光也；醉雪宜夜，度其洁也；醉楼宜暑，资其清也；醉水宜秋，泛其爽也。

# 醉赠张秘书[1]

［唐］

韩 愈

人皆劝我酒，我若耳不闻。
今日到君家，呼酒持劝君。
为此座上客，及余各能文。
君诗多态度，蔼蔼春空云[2]；
东野动惊俗，天葩吐奇芬[3]；
张籍学古淡，轩鹤避鸡群[4]；
阿买不识字[5]，颇知书八分[6]。
诗成使之写，亦足张吾军[7]。
所以欲得酒，为文俟其醺[8]。
酒味既冷冽[9]，酒气又氛氲[10]。
性情渐浩浩，谐笑方云云[11]。
此诚得酒意，馀外徒缤纷[12]。
长安众富儿，盘馔罗膻荤[13]。

不解文字饮，惟能醉红裙。

虽得一饷乐，有如聚飞蚊[14]。

今我及数子，固无莸与薰[15]。

险语破鬼胆，高词媲皇坟。

至宝不雕琢，神功谢锄耘[16]。

方今向太平，元凯承华勋[17]。

吾徒幸无事，庶以穷朝曛[18]。

注释

1　这是一篇体现韩愈诗风的代表作。有人说，“诗至唐一变，唐诗至韩愈一变”，这个说法是很深刻的。韩愈继承李白诗的自由豪放、杜甫诗的体格变化，在求新求变中形成自己章法波澜曲折、语言古朴苍劲的独特诗风，不仅开创了中唐诗坛的新局面，同时也成为宋人以文章为诗、以才学为诗、以议论为诗，追求奇诡险怪的先声。这首诗在风格、体势、章法、语言诸方面都体现了韩诗的特点。张秘书：即张署。贞元二十一年（805）二月二十四日他与韩愈一同被赦，由南方贬所迁为江陵（治所在今湖北省江陵县）掾；又于元和元年

（806）先后被调回长安。此诗便是韩愈初回长安时写的。诗中将自己与张署、孟郊、张籍等几位诗友的宴饮称为“文字饮”。他们在宴会上切磋诗文，诗借酒力，酒助诗兴，使酒宴显得非常高雅，与“长安众富儿”的狂饮滥醉不可同日而语。

2 “君诗”二句：是对张署诗风格的概括。君，指张署。张署的诗仅在宋人洪兴祖的《韩子年谱》中保存了一首，因此很难断定其风格是不是像春云那样明丽而富于变化。全诗录下：“九疑峰畔二江前，恋阙思归日抵年。白简趋朝曾并命，苍梧左宦亦联翩，鲛人远泛渔舟火，鹏鸟闲飞雾里天。涣汗几时流率土，扁舟直下共归田。”

3 “东野”二句：对孟郊诗的评价。孟郊（751—814），字东野，湖州武康（今浙江省德清县）人。四十六岁中进士，五十岁始作县尉。诗多寒苦之音，用字造句力避平庸浅率，追求瘦硬的风格。四十一岁时结识韩愈，二人为“忘形交”。元和元年，正值他辞官未久，在义兴（今江苏省宜兴县）买宅安顿好家人后，只身来到长安，与韩愈等人相聚。他诗风接近韩愈，因此韩愈对他的诗非常推崇。韩愈还在《荐士》中评孟诗“横空盘硬语，妥帖力排奡。”今天看来，多属过誉。葩（pā），花。奇芬，奇香。

4 “张籍”二句：评张籍诗。张籍字文昌，又以官职被称为张司业或张水部。诗风与白居易相近。贞元十四年（798），张籍通过孟郊的介绍与韩愈相见；韩愈非常赏识，并推荐他赴长安应考。张籍考中进士后，便一直在长安为官，与韩愈的友谊长达三十年之久。张籍《祭退之》一诗对他们的友谊有细致的描述：“出则连辔驰，寝则对榻床。搜穷古今书，事事相酌量。有花必同寻，有月必同望。为文先见草，酿熟偕共觞。”鹤：仙鹤。春秋时代，有国王喜欢鹤，封鹤为大夫，让它乘轩车，以后便称鹤为“轩鹤”。

5　阿买：韩愈的侄子。

6　八分：八分书。汉字书体名。解释上历来多有不同，或以为是汉隶的别称；或以为其书体二分似隶，八分似篆。

7　张吾军：壮大我等的声势。语出《左传·桓公六年》，斗伯比对楚子说：“我张吾三军而被吾甲兵，以武临之，彼则惧而协来谋我。”

8　“所以”二句：言饮酒的原因是因为只有到了微醉的时候，写诗作文才有灵感。俟（sì）：等待。醺：酒醉。

9　冷冽：形容酒味之清。

10　氛氲（yūn）：形容酒香之醇。

11　“性情”二句：写饮酒中渐渐活跃起来的气氛。浩浩：阔大，盛大。云云：纷纭。

12　“此诚”二句：言只有饮出诗兴，饮出性情，才算得了饮酒的真意。缤纷：形容乱的样子。指滥饮。

13　盘馔（zhuàn）：盘中的饭食。膻荤：指肉类食物。

14　“不解”四句：言不通诗文，仅仅以歌伎舞女助兴的饮酒，就好比是一群嗡嗡叫的蚊子聚在一起，只得一时之乐。

15　莸（yóu）：一种臭味的草。薰：香草。莸与薰：《左传》说：“一薰一莸，十年尚犹有臭。”古人常以薰莸比喻君子和小人。此言会饮者无好坏之别。

16　“险语”四句：标榜出他们这些诗人的文学主张。元和时期，韩愈、孟郊、张籍与同时代的白居易、元稹等人努力倡导新的诗风，反对浮艳和雕琢，当时人称他们的诗作为“元和体”。皇坟：指三皇坟典。《书序》说：“伏羲、神农、黄帝之书谓之三坟。”媲：比美。谢锄耘：无需劳作。意指得自然之功。

17 元凯：《左传·文公十二年》：“高阳氏有才子八人，谓之八恺（同“凯”）；高辛氏有才子八人，谓之八元。”后人因称皇帝的辅佐大臣为“元凯”。华勋：尧和舜。据《尚书》说，尧名放勋，舜名重华。后以“华勋”誉称皇帝。“方今”二句：言当今天下太平，君圣臣贤。

18 “吾徒”二句：言我辈安闲无事，可以成日饮酒为文。

｜延伸阅读｜

### 开愁锁

繁举字彦举，性嗜酒工诗。客京师十余年，竟流落以死。

同时有郑云表者，慕彦举之为人，作诗挽之云：“形如槁木因诗苦，眉锁愁山得酒开。”人以为写真云。

# 秦王饮酒[1]

［唐］

李　贺

秦王骑虎游八极，剑光照空天自碧[2]。

羲和敲日玻璃声[3]，劫灰飞尽古今平[4]。

龙头泻酒邀酒星[5]，金槽琵琶夜枨枨[6]。

洞庭雨脚来吹笙[7]，酒酣喝月使倒行。

银云栉栉瑶殿明[8]，宫门掌事报一更[9]。

花楼玉凤声娇狞，海绡红文香浅清，

黄鹅跌舞千年觥[10]。

仙人烛树蜡烟轻[11]，青琴醉眼泪泓泓[12]。

## 注释

1 《秦王饮酒》是仿古乐府的新题。乐府旧题有《秦王卷衣》，本题或即从此生发出来。此诗词采华丽，音韵流转，意境优美，但诗句跳跃性很大，令人费解。有人说是写秦始皇的宴乐；也有人说是写唐德宗李适，因他喜欢宴饮，又曾封为雍王，雍州是秦旧地。然而对这首诗来说，写什么人并不重要，也不必过于穿凿，要在整体上把握住诗的扑朔迷离之美。

2 “秦王”二句：言秦王仗剑骑虎，周游八极。或以为有扫六合，并六国之意。八极：八方极远之地。《淮南子·地形》：“八纮之外，乃有八极。”

3 “羲和”句：传说太阳乘坐六条龙驾的车在空中经过。羲和是为太阳赶车的驭手。（见《山海经》）诗言羲和鞭日发出敲击玻璃似的声响。这浪漫的联想，使我们意识到太阳的明亮。

4 “劫灰”句：古印度佛教传说，世界经历若干万年后要毁灭一次，然后再重新开始，这样一个周期叫“一劫”。一劫中包括“成”“住”“坏”“空”四个时期。“坏劫”中有火、水、风三灾使世界归于毁灭，然后便进入无古无今的时代。诗句所表现的正是这个意思。

5 龙头泻酒：据《北堂书钞》载：唐太极殿前有铜龙，长二丈。龙前有铜尊，可容四十斛。大宴群臣时将酒装在龙腹内，酒便从龙口泻到尊中。酒星：酒旗星。主宴飨饮食。（见《晋书·天文志》）此句将人间天上写在一处。

6 金槽：琵琶上端架弦的地方嵌檀木一块，称“檀槽”，嵌金即称“金槽”。枨枨（chéng）：拟声词。

7 “洞庭”句：言笙的乐音就像洞庭湖的雨声。雨脚：唐代常用的语词，犹今所说“雨丝”“雨线”。

8 银云：被月光照亮的云层。栉栉：排比紧密的样子。

9 宫门掌事：掌管内外宫门锁钥的宫门郎。

10 “花楼”三句：写宴会上的歌舞。玉凤：指歌女。似以凤鸣比歌声的婉转。娇狞：娇妍之甚。“海绡”句：写舞衣。海绡，即鲛绡。《述异记》载，南海出鲛绡纱，系海中鲛人所织，价值百金。黄鹅跌舞：一种舞名或舞姿。千年觥（gōng）：献寿酒。这里大约是一种舞蹈动作。献酒舞与今之《祝酒歌》大略可通。

11 仙人烛树：旧说是一种枝条可燃，形似梧桐的树木。或说烛树如同后代多枝杈的蜡烛架。架上可同时点燃多支蜡烛。

12 青琴：古神女名。比喻嫔妃。泪泓泓：犹今所说“泪汪汪”。

| 延伸阅读 |

酒徒非儒

郦食其好读书，家贫落魄，里中谓之狂生。尝衣儒衣谒高帝。帝谢曰：“未暇见儒人。”食其按剑叱使者曰：“我高阳酒徒，非儒也。”遂延入。

# 自问[1]

［唐］

刘叉

自问彭城子[2]，何人授汝颠[3]。

酒肠宽似海，诗胆大于天[4]。

断剑徒劳匣，枯琴无复弦[5]。

相逢不多合，赖是向林泉[6]。

注释

1　刘叉的诗风与孟郊、贾岛等苦吟派诗人近似。他的这首《自问》诗实是一幅自画像，表现出诗人粗犷豪放的性格。

2　彭城子：疑即作者别号。

3　颠：癫狂。

4　“酒肠”二句：言酒量之多，诗胆之大。表现出非凡的气魄。历来为人所称道。据《全唐诗》作者小传说，刘叉少年时曾醉酒杀人，畏罪出走，遇赦后折节读书，而作诗歌。

5　“断剑”二句：借断剑无匣、枯琴无弦，暗喻天性受损不需管束。表现出放任自流的生活态度。琴无弦暗用晋陶渊明的典故，梁萧统《陶渊明传》载：“渊明不解音律，而蓄无弦琴一张，每适酒，辄抚弄以寄其意。”

6 “相逢”二句：言所遇到的人与己之性情多不相合，反正所赖在归隐林泉。赖，恃，依凭。林泉，山林泉水。指隐居之所。

| 延伸阅读 |

玉树临风

崔宗之为侍御，谪金陵，与李白月夜泛采石，诗酒倡和皎如玉树临风，观者羡之。

# 夜饮[1]

［唐］

元稹

灯火隔帘明，竹梢风雨声。
诗篇随意赠，杯酒越巡行[2]。
漫唱江朝曲[3]，闲征药草名[4]。
莫辞终夜饮，朝起又营营[5]。

注释

1 这首诗写出清雅悠闲的夜饮场面。

2 巡：斟酒一周曰“一巡”。“越巡”是说已添了好几回酒。

3 漫唱：随意地唱。江朝曲：似是唐歌曲名。

4 “闲征”句：写将药草名嵌入句中作诗。梁简文帝萧纲始作《药名诗》，其“烛映合欢被，帷飘苏合香”两句中，“合欢”“苏合”即药名。至唐药名诗成了一种诗体，如张籍《答鄱阳客药名诗》“江皋岁暮相逢地，黄叶霜前半夏枝。子夜吟诗向松桂，心中万事喜君知”，“半夏”“松桂”也是药名。

5 营营：往来盘旋的样子。此指为功利而忙碌。

# 房家夜宴喜雪戏赠主人[1]

［唐］

白居易

风头向夜利如刀，赖此温炉软锦袍[2]。

桑落气薰珠翠暖[3]，柘枝声引管弦高[4]。

酒钩送盏推莲子[5]，烛泪黏盘垒蒲萄[6]。

不醉遣侬争散得[7]，门前雪片似鹅毛。

注释

1　元和十四年（819），白居易由江州（今江西省九江市）贬所调任忠州（今重庆市忠县）刺史。这首诗便是当年冬天在忠州所作。房主人：生平不详。

2　“风头”二句：起笔即烘托出冬夜宴饮的气氛。温炉：一种烧炭的暖炉。软锦袍：言锦袍雪天受湿冰冻，以炉温之使软化。

3　桑落：即桑落酒。参见庾信《卫王赠桑落酒奉答》注 1。

4　柘枝：唐代乐曲和舞蹈名。《乐苑》说：“羽调有《柘枝曲》，商调有《屈柘枝》。”后又称西域传入的一种健舞为柘枝。舞时由两女童藏于莲花形道具中，花瓣开放，出而对舞。女童帽上有金铃，舞起来转动作响。（见《乐府诗集》）另有《柘枝词》，不知是否与乐曲相配。这句写席间的歌乐。

5 “酒钩”句：写藏钩游戏。以莲子为酒钩。这种游戏大约始于汉代，玩时分为两队，一队传钩，另一队猜钩在谁手，猜中为胜。晋庾阐《藏钩赋》对游戏的描写非常细致：“钩运掌而潜流，手乘空而密放。示微迹于可嫌，露疑似之情状（制造假相）。辄争材以先叩，各锐志于所向。意有往而必乖，策靡陈而不丧（屡猜不中）。”

6 “烛泪”句：言蜡烛油一滴滴流到烛盘上，叠得像葡萄串似的。大约燃的是红蜡，所以才有“垒蒲萄”的联想。蒲萄，即葡萄。

7 “不醉”句：言不喝个醉，是走不了的。争：怎能。

| 延伸阅读 |

浊醪天地宽

杜牧字牧之，诗曰：“浊醪气色严，皤腹瓶罂古。

酣酣天地宽，怳怳嵇刘伍。”

# 宴散[1]

［唐］

白居易

小宴追凉散，平桥步月回[2]。
笙歌归院落，灯火下楼台[3]。
寒暑蝉催尽，新秋雁带来[4]。
将何迎睡兴，临卧举残杯[5]。

## 注释

1　这是一首闲适诗，写晚宴散席的情景。

2　步月：踏着月光。

3　笙歌：吹笙唱歌。写席间歌吹侑酒。此两句通过所听之歌乐、所见之灯火，表现酒宴夜散的情景。这一联不涉金玉之字，而写尽豪华场面，宋晏殊曰：“此善言富贵者也。”（见《宋朝事实类苑》）鲁迅也曾称道（见《且介亭杂文二集·题未定草》）。

4　“寒暑”二句：写夏去秋来。点明宴饮在秋夜。

5　“将何”二句：写睡前仍举残杯。说明宴散而酒兴未尽。

# 劝酒[1]

［唐］

李敬方

不向花前醉，花应解笑人[2]。

只忧连夜雨，又过一年春[3]。

日日无穷事，区区有限身[4]。

若非杯酒里，何以寄天真[5]。

注释

1　这首劝人饮酒的诗，流露出作者的一种苦闷情绪。

2　“不向”二句：言当及时行乐。表达得很俏皮，说：“如果不在花前醉倒，花就会笑话我的。”解：懂得。

3　“只忧”二句：感叹春天在风雨中消逝。有惜春之意，申说首联所写及时行乐的根据。

4　“日日”二句：言有限之身难尽无穷之事。与杜甫《绝句漫兴九首》“莫思身外无穷事，且尽生前有限杯”句关合。再申说首联所写及时行乐的根据。有限身：有限的生命。

5　“若非”二句：道出饮酒的目的是为了在酒中寄托自己的天然性情。与首联呼应。

# 花下醉[1]

［唐］

李商隐

寻芳不觉醉流霞[2]，倚树沉眠日已斜。

客散酒醒深夜半，更持红烛赏残花[3]。

注释

1　这首诗写寻春赏花时的醉饮。

2　流霞：指酒。参见庾信《卫王赠桑落酒奉答》注3。

3　“更持”句：言举烛赏花。首写寻春，末写惜春。宋代苏轼《海棠》诗“只恐夜深花睡去，故烧高烛照红妆”，可能正受到李商隐这句诗的启发。

# 九日陪越州元相燕龟山寺[1]

［唐］

赵嘏

佳晨何处泛花游[2]，丞相筵开水上头[3]。
双影旆摇山雨霁[4]，一声歌动寺云秋。
林光静带高城晚[5]，湖色寒分半槛流[6]。
共贺万家逢此节，可怜风物似荆州[7]。

注释

1　九日：农历九月九日，重阳节。越州元相：指元稹。他在长庆二年（822）做了三个月的宰相后，便在权力斗争中受挫。长庆四年（824），出任越州（即会稽郡，治所在今浙江省绍兴市）刺史，兼御史大夫、浙东观察使。燕：同“宴”。龟山：今浙江省绍兴县卧龙山南有龟山。山有龟山寺。赵嘏这首重阳龟山寺陪宴诗是元稹在越州的八年间所作。

2　泛花：酒中浮菊花，称“泛花”。泛花游，言九月九日登山游赏，泛花饮酒。古时有在重阳节饮菊花酒的习俗，即将菊花瓣撒在酒中一同饮下。

3　丞相：指元稹。水上头：湖水之上。龟山寺下临鉴湖。

4　旆：旗帜。霁（jì）：雨后初晴。

5　高城：指会稽城。

6　湖：指鉴湖。又名镜湖。在会稽南三里。宋以后渐废为田。元稹在越州时每月都到鉴湖游玩三四回。

7　荆州：治所在今湖北江陵。初为汉武帝所置十三刺史部之一，几经废复迁移，唐时辖境缩小到今湖北省松滋市至石首市之间的长江流域一带。元稹年轻时曾和宦官发生争执，由监察御史被贬为江陵府士曹参军。故有“风物似荆州”之语。

| 延伸阅读 |

酒竭饮醋

定陶刘潜，卓逸喜豪饮，与石曼卿友善。时曼卿通判海州，潜访之，会于石闼堰，与潜剧饮。中夜酒竭，船中有醋斗余，倾入酒中并饮之。明日酒醋俱尽。

# 九日陪崔大夫宴清河亭[1]

［唐］

李群玉

玉醴浮金菊[2]，云亭敞玳筵[3]。

晴山低画浦，斜雁远书天[4]。

谢朓离都日[5]，殷公出守年[6]。

不知瑶水宴，谁和白云篇[7]。

注释

1　此篇也是重阳节陪宴诗。大约作于大中年间（847—859）。写与崔大夫宴清河亭的情景。崔大夫：生平未详。从诗的内容推测，他曾做过朝廷侍臣。与李群玉会宴时已出任地方长官。清河亭：未详所在。据诗意知崔大夫时在荆州，亭或者在江陵。

2　玉醴：清澄似玉的美酒。浮金菊：酒中浮菊花。亦称“泛花”。

3　敞：摆开。玳筵：指盛宴。玳，玳瑁。海龟科动物。其角质板可装饰坐具。

4　“晴山”二句：写山映倒影，雁飞远天。言晴日山色映入浦水，恰似于低处作画；斜飞的鸿雁列字天边，恰似于远处作书。雁阵或作“一”字，或作“人”字。写景很有情趣，“画”“书”二字是画龙点睛之笔。

5　谢朓离都：南朝齐永明九年（491），谢朓跟着随王离开京都建康（今江苏省南京市）赴荆州（治所在今湖北省江陵县），临行之时京城文士设夜宴饯别，许多人作诗寄情，场面热烈。这里喻写崔大夫离开京城长安。

6　殷公出守：殷公即殷仲堪，他于东晋太元十七年（392）出任荆州刺史。这里当是喻指崔大夫，大约他正在荆州做官。

7　“不知”二句：以推想京师情况收笔。瑶水宴：即西王母瑶池宴。因平仄关系改“池”为“水”。借指皇帝的宴会。据《唐才子传》记载，李群玉大中八年（854）入京，经宰相裴休推荐诏授宏文馆校书郎。不久即请假还乡，两年后去世。从诗末小注“近见去年圣制黄菊联句”看，此诗当是离开朝廷后所作。故末句云：“谁和白云篇。”言不知是谁在朝宴上奉和天子“圣制”。白云篇：汉武帝《秋风辞》云：“秋风起兮白云飞。”后因以“白云篇”代指皇帝诗作。杜甫《赠献纳使起居田舍人》诗云：“晓漏追趋青琐闼，晴窗点检白云篇。”言田舍人入朝清理皇帝的诗作。

# 夜宴谣[1]

［唐］

温庭筠

长钗坠发双蜻蜓[2]，碧尽山斜开画屏[3]。

虬须公子五侯客，一饮千钟如建瓴[4]。

娈咽妊唱圆无节[5]，眉敛湘烟袖回雪[6]。

清夜恩情四座同，莫令沟水东西别[7]。

亭亭蜡泪香珠残，暗露晓风罗幕寒[8]。

飘飖戟带俨相次[9]，二十四枝龙画竿[10]。

裂管萦弦共繁曲[11]，芳樽细浪倾春醁[12]。

高楼客散杏花多，脉脉新蟾如瞪目[13]。

## 注释

1　大中元年（847），三十六岁的温庭筠入长安参加进士考试，虽然他才思敏捷，词意华美，但在京师羁留数载却未能登第。这首诗大约是滞留长安时写下的。

2　“长钗”句：写侍宴的女子。双蜻蜓：钗头坠的蜻蜓样饰物。

3　山：指画屏上描绘的山。画屏：彩绘屏风。

4　“虬须”二句：写聚客畅饮。《旧唐书·温庭筠传》：“初至京师，人士翕然推重。然士行尘杂，不修边幅，能逐弦吹之音，为侧艳之词。公卿无赖子弟裴诚、令狐滈之徒相与蒱饮，酣醉终日，由是累年不第。”虬（qiú）须：蜷曲的胡子。五侯：东汉桓帝封宦者单超、徐璜、具瑗、左琯、唐衡五人为侯，时号五侯。后泛称权贵之家为“五侯”。五侯客，泛指贵客。建瓴：将瓶中的水向下倾泻。建（jiǎn），通“瀽”，倒水；瓴，装水瓶。这里是说宴会上的人像倒水似地饮酒。

5　娈咽姹唱：写女子的歌喉。娈（luán），美好；姹（chà），美丽。圆无节：圆润而自然天成，似无拍节。

6　“眉敛”句：写席间舞女的姿态。湘烟：湘水上的薄雾。袖回雪：舞袖轻盈洁白。汉张衡《舞赋》：“裾似飞燕，袖如回雪。”

7　“清夜”二句：言相聚夜饮，同结深情，不要离别。沟水：参见李峤《饯骆四》注4。语出古乐府《白头吟》：“今日斗酒会，明旦沟水头。蹀躞御沟上，沟水东西流。”

8　香珠：形容蜡泪的状态。“亭亭”二句：写宴饮自夜达旦。

9　飘飖（yáo）：飘动的样子。戟带：系在戟上的带子。戟是一种长柄兵器。唐代只有高官方可在门前列戟。俨相次：排列得很整齐。

10 龙画竿：戟柄上绘有龙的图案。

11 “裂管”句：写急管繁弦，紧张地奏乐。裂管，形容管乐高尖的乐音。萦弦，形容弦乐舒缓的节奏。繁曲，管弦乐器交奏的音乐。

12 “芳樽”句：写斟酒。细浪，指酒杯中泛起的波纹。春醁（lù）：美酒。

13 新蟾（chán）：新月。传说月亮中有蟾蜍（蛤蟆），因此人们以“蟾”为月的代称。如瞪目：新月形状如眉，故言如睁眼下视。

|延伸阅读|

### 圣贤能饮

平原君强子高酒曰：“昔有遗谚，尧舜千钟，孔子百觚，子路嗑嗑，尚饮十榼。古之圣贤，无不能饮，吾子何辞焉？”

——《孔丛子》

# 怯酒赠周繇[1]

［唐］

段成式

大白东西飞正狂[2]，新刍石冻杂梅香[3]。

诗中反语常回避，尤怯花前唤索郎[4]。

注释

1　这是一首在席间辞酒的诗。怯酒：怕喝酒。言不胜酒力。周繇：字为宪，池州（今安徽省池州市贵池区）人。咸通十二年（871）进士。他是段成式的朋友，两人诗中多有唱和赠答之作。

2　大白：酒杯名。

3　新刍（chú）：新生的嫩草。此或为“刍酒”之“刍”（词见明陆容《菽园杂记》卷六）。石冻：即石冻春。唐代名酒。李肇《国史补》：“酒则有郢州之富水，乌程之若下，荥阳之土窟春，富平之石冻春。”“新刍”句：言酒带梅花香气。

4　“诗中”二句：言却酒，故回避以反语叫酒。实际上诗中正使用了反语。反语：即反切。一种拼音方式。“索郎”二字便是“反语”。正拼连读为“桑”（用“索”字声母拼“郎”字韵母），反过来连读为“落”（用“郎”字声母拼“索”字韵母），合起来即成“桑落”。桑落酒，参见庾信《卫王赠桑落酒奉答》注 1。

| 延伸阅读 |

秦少游《饮酒诗》:“左手持蟹螯，举觞属云汉。天生此神物，为我洗忧患。山川同恍惚，鱼鸟共消散。客自壶自倾，欲去不容间。”又有饮酒口号：“平原居士今无影，鹦鹉洲空谁举杯。犹有渔阳掺挝鼓，为君醉后作轻雷。”

# 醉中寄鲁望一壶并一绝[1]

［唐］

皮日休

门巷寥寥空紫苔[2]，先生应渴解酲杯[3]。
醉中不得亲相倚[4]，故遣青州从事来[5]。

注释

1　这首诗是皮日休咸通十年（869）在苏州时所作。他当时在苏州刺史崔璞幕中为从事，与吴中名士陆龟蒙结为诗友。两人时常互访，唱和酬答之诗甚多。鲁望：陆龟蒙字鲁望，姑苏（今江苏省苏州市）人，自号江湖散人，又号天随子。诗多揭露时弊，与皮日休齐名，人称“皮陆”。

2　寥寥：寥落，空寂。

3　渴：渴酒。思饮酒。酲（chéng）：酒醒后所感觉的疲惫之状。这时再少饮一点酒以提神，称“解酲”。解酲杯，指为解酒而喝的酒。

4　亲相倚：亲自奉陪。

5　青州从事：指酒。即诗题所说“醉中寄鲁望一壶”。青州从事与平原督邮对言，前者隐喻好酒，后者隐喻劣酒。因青州有齐郡，“齐”，古与“脐”通，从事住到齐郡，暗合好酒的酒力可以“到脐”；平原有鬲县，督邮在鬲上住，暗合劣酒到“膈上”（横膈膜，即胸口处）便阻住了。（见《世说新语·术解》）

| 延伸阅读 |

### 酒酣怀古人莫测

杜甫酒量诗才与李白齐名，尝从白及高适过汴州，酒酣登台慷慨怀古，人莫测也。结庐成都草堂，与田畯野老相狎荡。诗云：“田翁逼社日，邀我尝春酒。叫妇开大瓶，盆中为我取。”每田父索饮，必使之毕其欢而后去。

# 袭美醉中寄一壶并一绝走笔次韵奉酬[1]

[唐]

陆龟蒙

酒痕衣上杂莓苔，犹忆红螺一两杯[2]。
正被绕篱荒菊笑，日斜还有白衣来[3]。

注释

1　袭美：皮日休字袭美。这首是次韵皮日休《醉中寄鲁望一壶并一绝》之作，即陆龟蒙收到酒和诗后所作的答诗。写作时间是皮日休寄送诗酒的当晚。

2　红螺：即海螺盏。亦称鹦鹉杯。有一种海螺旋尖处色红如鹦鹉嘴，名鹦鹉螺。其壳上有青绿或橙红色波状横纹，壳内光莹如珍珠色，可用来制成高级酒盏。

3　“正被”二句：化用晋陶渊明典故。据《续晋阳秋》载，有一年重阳节陶渊明没有酒喝，在篱边菊花丛中怅叹，见一白衣人来，原是江州刺史王弘派来的送酒使。陶渊明接过酒来，在篱边就着菊花饮了个醉。诗用这个典故写皮日休派人送酒事，非常贴切。白衣：指穿白衣的人，即古代给官府当差的人。此指送酒使者。

｜延伸阅读｜

### 发狂坐井中

潘谷元丰间人，山谷尝以锦囊贮其墨半丸，饮酒发狂，赴井趺坐井中。坡翁诗："一朝入海寻李白，空看人间画墨仙。"

# 花下醉中联句[1]

［唐］

李　绛　刘禹锡　白居易　庾承宣　杨嗣复

共醉风光地，花飞落酒杯。绛

残春犹可赏，晚景莫相催。禹锡

酒幸年年有，花应岁岁开。居易

且当金韵掷，莫遣玉山颓[2]。绛

高会弥堪惜，良时不易陪[3]。承宣

谁能拉花住，争换得春回[4]。禹锡

我辈寻常有，佳人早晚来。嗣复

寄言三相府[5]，欲散且裴回[6]。居易

## 注释

1　联句：两人或多人各拈诗句，相联成篇。以这种方式共作一诗，称“联句”。初无定式，可一人一句一韵、两句一韵或作到多句，后来渐固定为一人出上句，续者出对句成一联，再出上句，轮流相继。唐代联句诗尚未定型。李绛、刘禹锡、白居易、庾承宣、杨嗣复的这篇联句，为五人在长安聚饮时所作。永贞革新失败后，刘禹锡被贬为远州司马，元和十年（815）由贬所被召回京。刘在京时间很短，因所作“玄都观里桃千树，尽是刘郎去后栽”一诗语带讥忿，当年又遭到贬逐。再次被召回已是大和二年（828），此时李绛已离开长安，出任山南西道节度使，并于两年后去世。元和十年（815）之前，五人也有一段时间同在长安为官（800 年前后），但诗间小注称李绛为“兵部相公”，李绛为兵部尚书是元和十年（815）的事。因此可以推定此诗为元和十年（815）暮春所作。

2　金韵掷：指作诗。言所作的诗音韵铿锵，掷地有金石之音。玉山颓：言醉倒。见李白《襄阳歌》注〔18〕。两句意思说，喝酒不要喝到醉倒的程度，败坏了作诗的雅兴。

3　“高会”二句：言盛会难再，非常值得珍惜。

4　争：怎能。

5　三相府：诗间小注称，时李绛为兵部相公，杨嗣复为吏部相公，并说“时户部相公同会”。尊称此三人为“三相府”。据新、旧《唐书》载，征杨嗣复为吏部尚书是宣宗（李忱）继位（847）时的事，杨嗣复未及到任便病死途中；元和时是否在吏部任职没有史料记载。

6　裴回：同“徘徊”。末句言不忍散席。

# 岁除日同年冯中允携觞见访因而沉醉病酒三日醒而偶赠[1]

［宋］

王禹偁

除夜浑疑便白头，携壶相劝醉方休[2]。
敢辞枕上三朝卧，且免灯前一夕愁[3]。
薄命我甘离凤阙[4]，多才君亦滞龙楼[5]。
相逢不尽杯中物[6]，何以支当寂寞州[7]。

注释

1　王禹偁于宋太平兴国八年（983）二十九岁时登进士第，不久在太宗朝任右拾遗等职。他直言敢谏，多次遭贬，多次被征回。从此诗流露出极度愁苦的情绪推断，诗当是他于淳化二年（991）前后初贬商州（今陕西省商洛市）时所作。从诗题可知，诗作于大年初三。岁除日：即除夕。一年的最后一天。同年：科举时代，称同榜进士为“同年”。冯中允：生平未详。从诗题可知，他与作者为同榜进士。两人私交很好。王禹偁另有《和冯中允炉边偶作》，诗云：“我爱中允君子心，心与人交淡如水。别有人间势利徒，一去一就随荣枯。……涧松陵柏有朽时，我约君心无改易。”

2　“除夜”二句：写正当愁苦之时，友人冯中允带着酒来看望。白头，白了头发。极言愁苦之状。

3　敢辞：实际意思是“不敢辞”。枕上三朝：指病酒卧床三日。即诗题所说“沉醉病酒三日”。两句言醉可解愁。

4　凤阙：指京都。离凤阙：离开朝廷。据《宋史·王禹偁传》载，他于淳化初上疏言事，获罪，“贬商州团练副史，岁馀移解州（今陕西省运城市西南）”。淳化四年（993）被召回朝，任左正言。

5　“多才”句：言冯中允有才干而得不到施展。龙楼，本为西汉时太子宫门名，因门楼上有铜龙，所以称龙楼门。后代指太子所居之处。此“龙楼”疑另有所指。

6　杯中物：指酒。

7　支当：抵挡。寂寞州：指门庭冷落的商州贬所。

# 怀嵩楼新开南轩与郡僚小饮[1]

［宋］

欧阳修

绕郭云烟匝几重，昔人曾此感怀嵩[2]。
霜林落后山争出[3]，野菊开时酒正浓[4]。
解带西风飘画角，倚栏斜日照青松[5]。
会须乘醉携佳客[6]，踏雪来看群玉峰[7]。

注释

1　这首诗是庆历五年（1045）至庆历七年（1047）欧阳修贬官滁州（治所在今安徽省滁州）时所作。这一时期，欧阳修还写了著名散文《醉翁亭记》，诗可与散文对读。怀嵩楼：又名赞皇楼。唐李德裕任滁州刺史时所建。在州治北统军池上，因亦名北楼。楼久废。欧阳修另有《怀崇楼晚饮示徐无党无逸》诗。

2 “绕郭”二句：言古人曾在此看郭外山峰云烟，有感而建怀嵩楼。昔人：指李德裕。嵩：高山。《醉翁亭记》：“环滁皆山也，其西南诸峰，林壑尤美。”

3 “霜林”句：意谓秋林落叶后，林外的山峦便看得更清楚了。

4 “野菊”句：言正值秋日对酒赏菊之时。《醉翁亭记》：“山行六、七里，渐闻水声潺潺，而泻出于两峰之间者，酿泉也。……酿泉为酒，泉香而酒洌。”菊酒并写，还可使人联想到晋陶渊明饮菊花酒的故事。

5 “解带”二句：写酒后倚栏临风，倾听画角之声，观赏山松之色。画角，军中吹器。

6 会须：应当。佳客：即诗题中所说的“郡僚”。时欧阳修为滁州郡守。《醉翁亭记》：“已而夕阳在山，人影散乱，太守归而宾客从也。……人知从太守游而乐，而不知太守之乐其乐也。”

7 群玉峰：即群玉山。《穆天子传》指群玉山为仙山。李白《清平调》：“若非群玉山头见，会向瑶台月下逢。”此以“群玉峰”喻指雪后的滁州众山。“踏雪”句：悬想踏雪看山。

# 和彦猷晚宴明月楼[1]

[宋]

苏舜钦

落晚天边宴席开[2]，溪山相照绝纤埃[3]。
绿杨有意檐前舞，凉月多情海上来。
香穗萦斜凝画栋，酒鳞环合起金罍[4]。
自疑身是乘槎客，泛彻银河却欲回[5]。

注释

1　本题共二首，选第二首。这首诗当是作于苏州。庆历五年（1045），苏舜钦遭谗毁由朝官被除名为民，他买宅寓居苏州，直到庆历八年（1048）病故。彦猷：即唐询。他是天圣年间（1023—1031）进士，生活年代与苏舜钦同，做过朝官，并历任苏州、杭州、青州知州。作品有《杏花村集》一卷，收入《两宋名贤小集》，但《晚宴明月楼》诗已经不传。

2　落晚：薄暮，傍晚。

3　绝纤埃：写山水之清。

4　“香穗”二句：写明月楼的环境和饮酒的细节。香穗，指明月楼梁柱上雕绘的花穗状图纹。酒鳞：指杯中酒液泛起的微波。金罍：指金属制的酒杯。

5　乘槎客：指仙客。传说天河通海，有个住在海边的人，见每年八月海上有木筏来，便乘筏而游，来到天河，看见牛郎织女（见《博物志》）。槎（chá），木筏。“自疑”二句：言自己如同乘坐仙槎，周游天河，又想回到人间。或者暗寓他经历一番仕宦升沉后甘愿隐居为民的思想。

| 延伸阅读 |

### 醉有分别

法明师不知何许人，落魄嗜酒善唱《柳枝词》。人以“醉和尚”称之。师曰：“我醉且醒，君醉奈何？”自述一偈云：“平生醉里颠蹶，醉里却有分别。今朝酒醒何处，柳岸晓风残月。”

# 北客置酒[1]

［宋］

王安石

紫衣操鼎置客前[2]，巾鞲稻饭随粱馇[3]。
引刀取肉割啖客，银盘擘臑薨与鲜[4]。
殷勤劝侑邀一饱，卷牲归馆觞更传[5]。
山蔬野果杂饴蜜[6]，獾脯豕腊加炰煎[7]。
酒酣众吏稍欲起[8]，小胡捽耳争留连[9]。
为胡止饮且少安，一杯相属非偶然[10]。

注释

1　嘉祐五年（1060）春天，王安石奉命送辽使北归至白沟（今河北省境内的北巨马河）。这是北宋与辽划界的边塞地区。北宋朝廷每年都要在此接送辽使。这首诗大约便是在白沟时所作。诗中对北方少数民族风俗、性格、饮食习惯的描写非常传神。

2　紫衣操鼎：写北人准备菜肴。客：王安石出使在外，故亦自称为“客”。

3　巾韝：写北人的装束。巾：头巾。（gōu）：射箭时戴的皮制套袖。粱饘（zhān）：小米粥饘，稠粥。

4　臂臑（nào）：指动物的前肢。薧（kǎo）：干肉。鲜：生肉。“引刀”二句：写北方少数民族的饮食习惯及风俗。

5　“殷勤”二句：写自己在北客的酒宴上饱餐一顿之后，又把宴会上的食物带回客馆继续小饮。侑（yòu）：与“劝”同义。牲：肉类食品。

6　饴蜜：一种由麦芽制成的糖膏。今俗称“糖稀”。

7　貛脯豕腊：指各种干肉制品。貛（huān）：又名猪貛，是一种善于掘土的洞栖野生动物，肉可食用。豕（shǐ）：猪。炰煎：烹煮和煎炸。

8　众吏：指随从王安石出行的人。

9　捽（zuó）耳：宋李壁《王荆公诗笺注》说是胡人所施的大礼。从字面上看是揪住耳朵。

10　“为胡”二句：言劝北人收宴，杯酒交欢不是偶然的。意谓后会有期。这里似有所感慨。契丹于公元947年改国号为辽，统治北部中国二百余年，与北宋王朝对峙，两国有使臣往来，当时辽常以狩猎为名困扰北宋边境。

# 上巳饮于湖上[1]

［宋］

孔平仲

城南春已老，湖上雨初晴[2]。
草作忘忧绿，风为解愠清[3]。
杨花轻欲下，菱叶细方生。
酒影低云木[4]，歌声伴画莺。
赏心残蕊在[5]，幽曲小舟横[6]。
却笑兰亭会，吟诗半不成[7]。

## 注释

1　宋哲宗元祐年间（1086—1093），孔平仲曾出任江东转运判官，提点江浙铸钱、京西刑狱。这首诗大约作于此时。诗中对江南水上风光的描写非常细腻、真切。上巳：农历三月三日。

2　“城南”二句：作者任江东转运判官时长期住在九江，其《城东作》诗曰：“九江非吾土，久寓忘羁栖。丘坟之所宅，舍此亦安归。钱官最闲暇，因得治其私。”城：当指德化城，即今江西省九江市。湖：当是德化城东南的彭蠡湖。

3　“草作”二句：草的绿色令人心情愉快，风的清爽使人忘记烦恼。忘忧：暗合忘忧草。愠（yùn）：恼怒。“解愠”语出古《南风》诗：“南风之薰兮，可以解吾民之愠兮。”

4　“酒影”句：言酒将云和树的影子倒映在杯中。

5　赏心：心情欢畅。南朝宋谢灵运《拟魏太子邺中集序》称“天下良辰、美景、赏心、乐事，四者难并”。

6　幽曲：指僻静屈曲的水路。

7　兰亭会：指王羲之等人兰亭修禊饮酒赋诗事。见谢绎《兰亭诗》注1。“吟诗”句：王羲之《临河序》（《兰亭诗序》的另一版本）称，雅集之四十一人中有“前馀姚令会稽谢胜等十五人不能赋诗，罚酒各三斗”。二句言他所参加的上巳之会更胜于兰亭。

# 饮方君舍晚归[1]

[宋]

韩 维

惨淡秋原思，归鞍暮向城[2]。

野风吹酒散，寒日上衣明。

踯躅樵儿聚，喧呼猎骑轻[3]。

村醪处处熟，准拟数来行[4]。

注释

1 韩维是北宋时期的朝廷重臣，除短期出任襄州、许州、汝州、均州等地地方官外，大部时间都在朝中做官。这首诗大约作于神宗初年（1068—1074）出任汝州（治所在今河南省汝州市）知州时期。方君：生平未详。韩维另有《晓出郊过方秀才舍饮》诗："浮云散朝阴，初日动晴煦。行随风叶远，去傍田家路。人闲无遽色，马缓有安步。遥识主人舍，青帘出霜树。"方君或许便是这个卖酒的方秀才。

2 "惨淡"二句：写自郊原返城。由此可知"方君舍"在郊外，下文关于"樵儿""猎骑"的描写可印证。诗中所写。恰与《晓出郊过方秀才舍饮》一诗相吻合。

3 踯躅：踏步不前。这两句写郊外采樵游猎的情形。

4 准拟：准备、打算。数来行：行来数次。意即经常来此饮酒。

| 延伸阅读 |

君臣欢笑

宋真宗尝曲宴群臣于太清楼。君臣欢笑无间忽问廛沽。中贵人以实价对。上遽问近臣唐酒价，惟丁晋公奏曰："每斗三百。"上曰："安知？"丁曰："臣尝读杜甫诗云：'速来相就饮一斗，恰有三百青铜钱。'是知一斗三百。"上大喜。

——《玉壶清话》

# 与莫同年雨中饮湖上[1]

［宋］

苏 轼

到处相逢是偶然，梦中相对各华颠[2]。

还来一醉西湖雨，不见跳珠十五年[3]。

注释

1 苏轼是温和派改革家，面对北宋积贫积弱的局势，他主张整顿吏制而忽视变更法制。神宗熙宁四年（1071），因上书反对王安石的急进改革措施而被贬为杭州通判。哲宗继位后旧党执政，准备废除一切新法，苏轼又因主张对新法“校量利害，参用所长”（《辨试馆职策问札子》）而受到旧党中程颐一派的排挤，再次被贬为杭州军州事。这首诗便是苏轼元祐四年（1089）七月三日二次到杭州后游西湖时所作。莫同年：即莫君陈。君陈字和中，吴兴人。当时是两浙提刑。同年：同榜进士。

2 “到处”二句：言久别重逢，相对如梦，各见衰老。言外有无穷感慨。诗语化用杜甫《羌村三首》：“夜阑更秉烛，相对如梦寐。”从所写相逢感慨中，透露出两人较深的交情。

据《吴兴备志》载，莫君陈的政治思想属新党一派，颇受王安石的器重。苏轼与王安石虽政见不同，但私交很好，对王安石所推重的人也同样以朋友相待。华颠：白发满头。颠，头顶。

3 “还来”二句：写十五年后重游西湖。熙宁五年（1072）六月十二日，苏轼作《望湖楼醉书五绝》，写西湖雨景，诗曰：“黑云翻墨未遮山，白雨跳珠乱入船。卷地风来忽吹散，望湖楼下水如天。”熙宁七年（1074）离杭州转知密州。至与莫同年饮湖上，正是“不见跳珠十五年”。

| 延伸阅读 |

士卒沦没

苻坚使吕光讨西域。至龟兹，胡人厚于养，家有蒲萄酒，或至千斛，十年不败，士卒沦没酒藏者相继矣。

——《晋书载记》

# 新酿桂酒[1]

［宋］

苏　轼

捣香筛辣入瓶盆[2]，盎盎春溪带雨浑[3]。
收拾小山藏社瓮[4]，招呼明月到芳樽[5]。
酒材已遣门生致[6]，菜把仍叨地主恩[7]。
烂煮葵羹斟桂醑，风流可惜在蛮村[8]。

注释

1　这首诗是绍圣元年（1094）冬天苏轼初到惠州（治所归善位于今广东省惠州市）所作。桂酒：桂花酒。桂树有木樨、肉桂两类。我国很早就有饮桂酒的历史。《楚辞·九歌·东皇太一》：“奠桂酒兮椒浆。”当时的桂酒大约是以肉桂皮浸制而成。苏轼所写的桂酒则是以木樨即桂花（以颜色分有丹桂、银桂）发酵酿成的。苏轼在《桂酒颂》序中说：“吾谪居海上，法当数饮酒以御瘴气。而岭南无酒禁，有隐者以桂酒方授吾。酿成而玉色，香味超然，非人间物也。”诗题所谓“新酿桂酒”，当是自制之酒。

2　“捣香”句：言将各种芳香辛料捣碎、过筛，和在酒中一同发酵。

3　“盎盎”句：言酒色如春雨中溪水那样浑浊。

4　小山：指桂花。《楚辞》中淮南小山所作《招隐士》有“桂树丛生兮山之幽”“攀桂枝兮聊淹留”的诗句，因此以“小山”代指桂花。瓮：酒瓮。社瓮，古时以立春、立秋后的第五个戊日为社日祭祀土神，人们总是提前酿酒（称社酒）以供社日之用，故称“社瓮”。

5　明月：指桂花酒。唐段成式《酉阳杂俎》载：“旧言月中有桂，有蟾蜍。故异书言月桂高五百丈，下有一人常斫之，树创随合。人姓吴名刚，西河人。”因此这里以明月代指月桂酿的酒。两句以山入瓮、以月入樽，构思新巧，动词的使用也很别致。苏轼另有《桂酒颂》曰：“大夫芝兰士蕙蘅，桂君独立冬鲜荣。无所慑畏时靡争，酿为我醪淳而清。”

6　“酒材”句：造酒用的材料已让门生找来了。

7　“菜把”句：化用杜甫《园官送菜》诗句：“清晨送菜把，常荷地主恩。”菜把：成把的蔬菜。地主：当地的主人。

8　葵羹：冬葵煮成的羹。葵菜是我国古代的重要蔬菜之一。两句稍见出苏轼遭贬的牢骚。惠州当时是蛮荒之地。

# 章质夫送酒六壶书至而酒不达戏作小诗问之[1]

［宋］

苏轼

白衣送酒舞渊明[2]，急扫风轩洗破觥[3]。
岂意青州六从事，化为乌有一先生[4]。
空烦左手持新蟹[5]，漫绕东篱嗅落英[6]。
南海使君今北海，定分百榼饷春耕[7]。

## 注释

1　章质夫：据《宋史》，章楶字质夫，浦城人，官至资政殿学士。绍圣（1094—1097）初知应天府，加集贤殿修撰，知广州。广州治所位于今广东省广州市，与惠州治所相距二百四十里。章质夫每月给苏轼送酒，足见两人交谊深厚。宋陈师道《谈丛》载："东坡（苏轼自号东坡居士）居惠，广守月馈酒六壶，吏尝跌而亡之。坡以诗谢。"广守便是章质夫。

2　"白衣"句：用晋代王弘给陶渊明送酒的典故。见陆龟蒙

《袭美醉中寄一壶并一绝走笔次韵奉酬》注 3。

3　风轩：开着窗户通风的小室。觥（gōng）：流行于商代和西周初期的一种青铜制的酒器。圈足、圆腹，有兽头形器盖，并附有舀酒糟的小勺。后代成为酒杯的泛称。破觥，破旧的酒杯。因诗是一首“戏作”，所以用词夸张，并富于幽默感。

4　青州六从事：指六壶酒。青州从事，酒的代称。见皮日休《醉中寄鲁望一壶并一绝》注 5。“化为”句：言未收到酒。即题目中所说的“书至而酒不达”。乌有先生：即无有。典出汉司马相如的《子虚赋》。赋中虚设乌有先生这个人物，来夸其齐国园囿之大。因为是虚拟的人物，故称乌有。诗中“乌”对“青”，以色成对，非常精巧。

5　左手持新蟹：用晋毕卓的典故。《世说新语・任诞》载：毕卓非常喜欢喝酒，曾说：“一手持蟹螯，一手持酒杯，拍浮酒池中，便足了一生。”这句说自己白白准备了佐酒的螃蟹。意即酒未到。

6　“漫绕”句：说自己徒然围着篱边菊花兜了半天圈子。用陶渊明饮菊花酒事，见陆龟蒙《袭美醉中寄一壶并一绝走笔次韵奉酬》注 3。

7　“南海”二句：言章质夫想必是拿百榼酒犒劳春耕的老农。所以六壶酒未曾送来。南海：指广州。宋置广州南海郡，治所在今广州。南海使君，指广州刺史章质夫。北海：指孔融。融字文举，献帝时，董卓荐为北海相。曾反对曹操禁酒，写信给曹操说：“天有酒旗之星，地列酒泉之郡，人有旨酒之德。故尧不饮千钟，无以成其圣。”常招客饮酒，自叹：“坐上客常满，樽中酒不空，吾无忧矣。”这里以孔融之好客爱酒比拟章质夫，故有“百榼饷春耕”之语。榼（kē），古代盛酒的器具。

# 招潘郎饮[1]

［宋］

张耒

老人夜短睡不足，勃公窗外强知时[2]。
五更未明语千万，更憎林间鸭鸩儿[3]。
吹红洗白雨三日，吾园花蕊已离披[4]。
一年春事坐如此，白首穷谪归无期。
念此径须沽酒饮，买鱼烹肉勤妻儿[5]。
更呼东邻好酒伴[6]，为我醉倒阶前泥。

注释

1　张耒是熙宁年间（1068—1077）进士。官至太常少卿。一生多次遭贬，曾出任润州、黄州、颍州、汝州等处地方官。这首诗是在贬所写下的，写作时间、地点已很难推断。本篇表现了在寂寞的生活中一个老年人的心态，语言洗练。风格与白居易近似。

2　勃公：公鸡。《事物异名录》载，有人呼鸡为“勃公子”。

“勃公”句：写公鸡报晓。

3　鸭鸡：鸟名。大约鸣叫时作“鸭鸡”声。宋欧阳修《鸭鸡词》：“红纱蜡烛愁夜短，绿窗鸭鸡催天明。”以上四句写居所环境，天还没亮便闻鸡鸣鸟叫，使人不能安眠，心烦意乱。

4　吹红洗白：风雨摧花。“红”“白”均代指花。离披：零落，散乱。

5　勤妻儿：妻儿勤。言妻子儿女都在为准备酒菜而尽心尽力。

6　东邻好酒伴：指题中所说潘郎，其生平未详。

| 延伸阅读 |

酒池肉林

纣车行酒，骑行炙，二十日为一夜。（按：纣以酒为池，因谓以车行酒，以肉为林，因谓以骑行炙耳。或是覆酒滂沱于地，因以为池，酿酒积糟因以为丘，悬肉似林，因言肉林也。）

——《论衡》

# 庚子年还朝饮酒绝句[1]

[宋]

韩驹

三年逐客卧江皋[2]，自与田翁酌小槽[3]。
饮惯茅柴谙苦硬[4]，不知如蜜有香醪。

注释

1 本题二首，此选第一首。庚子：指宣和二年（1120）。宋徽宗政和年间（1111—1117），韩驹诏赐进士出身，不久便受苏轼牵连，被贬到分宁（今江西省修水县）。宣和二年（1120）召为著作郎，还朝。

2 三年逐客：言被贬三年。卧江皋：指贬官分宁事。江皋，江边。分宁南临修水，沿河东下，可至彭蠡湖（今扩展为鄱阳湖）。

3 槽：榨酒时用以盛酒的容器。小槽，代指小槽的酒。

4 茅柴：酒名。宋人把质量低劣的酒称作茅柴酒。范成大《春日田园杂兴》："老盆初熟杜茅柴，携向田头祭社来。巫媪莫嫌滋味薄，旗亭官酒更多灰。"谙：熟悉。苦硬：形容低劣的酒味和酒质。

# 口号[1]

［宋］

秦观

美酒忘忧之物[2]，流光过隙之驹[3]。不称人心，十事常居八九；得开口笑，一月亦无二三[4]。莫思身外无穷，且睹尊前见在[5]。功名富贵，何异楚人之弓[6]；城郭人民，问取辽东之鹤[7]。付与香钿画鼓，尽欢美景良辰[8]。欲奏长谣，聊陈短韵。

平原居士今无影[9]，鹦鹉空洲谁举杯[10]。
犹有渔阳掺挝鼓[11]，为君醉后作轻雷[12]。

## 注释

1　口号：一种古诗体。表示随口吟成，与“口占”相似。南朝宋鲍照有《还都口号》，梁简文帝萧纲有《仰和卫尉新渝侯巡城口号》，后人沿用为诗题，唐代李白、杜甫、王维等人都有口号诗。这首口号诗加了一段典丽的骈体小序。序中表现出及时行乐的思想，但词句精美，用典巧妙，行文流丽且富于幽默感。与信口吟成的短诗对读，很有趣味。

2　“美酒”句：言酒可忘忧。曹操《短歌行》：“何以解忧，唯有杜康。”

3　“流光”句：形容光阴迅速。语出《庄子·知北游》：“人生天地之间，若白驹之过郤，忽然而已。”“郤”通“隙”。驹：即白驹。指太阳光影。隙：缝隙。白驹过隙，稍纵即逝，故用以形容人生和时光。

4　“不称”四句：化用《晋书》《庄子》句意，言事不称心，心常不乐。《晋书·羊祜传》：“天下不如意，恒十居八九。”《庄子·盗跖》：“人上寿百岁，中寿八十，下寿六十。除病瘐死丧忧患，其中开口而笑者，一月之中不过四、五日而已矣。”

5　“莫思”二句：言不须多虑世事，只管快意当前。化用杜甫《绝句漫兴九首》（其四）：“莫思身外无穷事，且尽生前有限杯。”

6　楚人之弓：据汉刘向《说苑》载：春秋时楚共王出猎，遗失了一张宝弓，左右的人请求为楚王去寻找，共王说：“止。楚人遗弓，楚人得之，又何求焉？”这里用此典，意谓功名富贵，有人失去了就有另外的人得到，不必认真去追求。

7 “城郭”二句：用辽东人丁令威学仙化鹤的故事。旧题晋陶渊明所撰《搜神后记》载：“丁令威本辽东人，学道于灵虚山，后化鹤归辽，集城门华表柱。时有少年举弓欲射之，鹤乃飞，徘徊空中而言曰：‘有鸟有鸟丁令威，去家千年今始归。城郭如故人民非，何不学仙冢垒垒。’遂高上冲天。”这里说人世间的兴亡变化是很大的。秦观与苏轼友善，曾被苏轼推荐，任太学博士兼国史院编修官。绍圣年间（1094—1097）新党执政，他连遭贬斥，行文中既已露出身世之慨。

8 “付与”二句：言及时行乐。香钿：女人首饰。代指歌妓。画鼓：有花纹图案的鼓。代指音乐。美景良辰：语出谢灵运《拟魏太子邺中集序》：“天下良辰、美景、赏心、乐事，四者难并。”

9 平原居士：指祢衡。祢衡，字正平，东汉平原人。人称“平原处士”。少有才辩，气刚傲物，曹操曾召为鼓吏。他在曹操面前裸身更衣，当众侮辱曹操。曹操为借刀杀人，将他送给刘表；刘表又把他转到江夏（辖境相当今湖北、河南二省部分地区）太守黄祖处。终为黄祖所杀，时年二十六岁。

10 “鹦鹉”句：祢衡曾作著名的《鹦鹉赋》，序曰：“时黄祖太子射宾客大会，有献鹦鹉者。举酒于衡前曰：‘祢处士，今日无用娱宾，窃以此鸟自远而至，明慧聪善，羽族之可贵，愿先生为之赋，使四座咸共荣观，不亦可乎？’”相传因祢衡此赋，大会宾客之处便被称为鹦鹉洲。这鹦鹉洲自汉以后便屡被江水浸没，今已没于湖北省武昌与蛇山相对的长江中。现在汉阳江边的鹦鹉洲并非宋以前故地。这句意思是：物是人非，祢衡已经不在了，也无人举杯求作《鹦鹉赋》了。

11 渔阳掺挝（càn zhuā）：鼓曲名。或省称为“渔阳掺（参）”。《后汉书·祢衡传》：“衡方为《渔阳参挝》，……声节悲壮，听者莫不慷慨。”

12 君：指接受赠诗的人。从诗序“欲奏长谣，聊陈短韵”一句看，诗是酒席间写给别人的。轻雷：指鼓声。

| 延伸阅读 |

五齐之名

酒正掌酒之政令，辨五齐之名。一泛齐，二醴齐，三盎齐，四缇齐，五沉齐。注云：泛者，成而滓泛泛然，如今宜城醪。醴者成而滓汁相将，如今甜酒。盎者成而蓊蓊然葱白色，如今酇白。缇者成而红赤，如今下酒。沉者成而滓沉，如今造清。

——《周礼》

# 丙子冬至夜酒醒[1]

［宋］

李觏

尽道一阳初复时[2]，不期风雨更凄凄。
凌晨出去逢人饮，沉醉归来满马泥。
多恨恐成干斗气[3]，欲言那得上天梯[4]。
灯青火冷睡半醒，残叶打窗乌夜啼[5]。

注释

1　李觏（gòu）是北宋思想家，因范仲淹的推荐而入仕。曾任太学助教、太学说书等职。景祐三年（1036）五月，范仲淹因直言切谏，触怒朝廷，被贬官饶州。宰相吕夷简乘机打击范仲淹的僚友，并请仁宗下诏，禁止百官越职言事。所以对范仲淹的被贬，朝中人士大都敢怒不敢言。少数几个为范仲淹鸣不平者也都遭到贬逐。这首诗作于范仲淹被贬之后，诗中表现出凄苦愤恨的情绪。这种情绪疑是针对吕夷简迫害范仲淹而发的。丙子冬至：即景祐三年十一月二十五日。

2　一阳初复：即冬至日。古人认为天地间有阴阳二气，每年

到冬至那天，阴气尽，阳气开始复生，叫做“一阳来复”。（见《周易·复》）

3　干斗气：冲天之气。指怒气。干，犯；斗，星宿名。

4　“欲言”句：言不能向皇帝进言极谏。天：指皇帝。

5　乌夜啼：城乌夜啼，古以为是喜声。传说三国魏何晏在狱中，有二乌止于屋上，其女曰：“乌有喜声，父必免。”又南朝宋临川王刘义庆被废，其妾夜闻乌啼，曰：“明日应有赦。”这里似借乌夜啼表达希望范仲淹获赦的心情。

|延伸阅读|

### 鼻尖挑魔

唐元载不饮，群僚百种强之，辞以鼻闻乃酒气已醉。其中一人谓可用术治之。取针挑元载鼻尖，出一青虫如小蛇，曰：“此酒魔也，闻酒即畏之。”元载是日饮一斗，五日倍是。

——《玄山记》

# 谢人送酒[1]

［宋］

唐庚

世情不到海边村，载酒时来饷子云[2]。
便欲醉中藏潦倒，已将度外置纷纭[3]。
细思扰扰膠膠事，政坐奇奇怪怪文[4]。
唤取邻翁传杓饮[5]，渐令安习故将军[6]。

注释

1　唐庚是绍圣年间（1094—1097）进士，做过多年县官。大观年间（1107—1110），由张商英推荐，任提举京畿常平。政和元年（1111），宰相张商英遭到排挤，唐庚亦因此贬官惠州（治所在今广东省惠州市）。这首诗是他初到惠州时所作。写得豁达幽默，颇有苏诗风格。其文风与苏轼相近，故人称“小东坡”。（见《文献通考》）

2　“世情”二句：言惠州地处蛮荒，尚未受到炎凉世态的影响，所以还有人给他这个贬逐之臣送酒。子云：即扬雄。扬雄字子云，蜀郡成都人，西汉文学家。作有《羽猎赋》、《甘泉赋》《长杨赋》等。此以扬子云自比。

3 “便欲”二句：言将潦倒身世埋藏醉中，将纷纭世事置之度外。有借酒浇愁之意。据宋张邦基《墨庄漫录》载：唐庚在惠州时酿酒二种，醇和的名为“养生主”，稍浓烈的叫“齐物论”。二者都是《庄子》篇名。这也反映出他看破红尘的旷达态度。纷纭：各种世事。

4 扰扰膠膠：动乱不安。《庄子·天道》：“尧曰：‘膠膠扰扰乎？子，天之合也。我，人之合也。’”政坐：正因为。此两句说：仔细想来，就因为有那怪奇的诗文，才惹来了动荡不安。“奇奇怪怪文”，未详所指。

5 “唤取”句：言呼邻对饮。化用杜甫《客至》：“肯与邻翁相对饮，隔篱呼取尽余杯。”杓：长柄木勺。

6 习：学。安习，安心学习。意即仿效。故将军：西汉名将李广。他曾率部与匈奴作战大小七十余次，以勇敢善战著称，官拜骁骑将军、护军将军等职。一度因与匈奴作战失利被废为庶人，家居蓝田。《史记·李将军列传》载：“尝夜从一骑出，从人田间饮。还至霸陵亭。霸陵尉醉，呵止广。广骑曰：‘故李将军。’尉曰：‘今将军尚不得夜行，何乃故也！’”此以落难中的李广自况。

# 醉眠[1]

［宋］

唐庚

山静似大古[2]，日长如小年。
余花犹可醉，好鸟不妨眠。
世味门常掩[3]，时光簟已便[4]。
梦中频得句，拈笔又忘筌[5]。

注释

1　此篇或许是贬官惠州时所作。诗意在恬淡中夹杂着寂寞的情绪。

2　大古：即“太古”，远古时代。

3　“世味”句：言世情冷淡，很难与人交往，故常掩门谢客。

4　“时光”句：言天气渐暖，睡在席子上开始觉得舒服了。簟（diàn）：竹席。便（pián）：安适。

5　筌（quán）：安置在水中的竹制捕鱼工具。忘筌，语本代指“忘言”。《庄子·外物》：“筌者所以在鱼，得鱼而忘筌。……言者所以在意，得意而忘言。”意思是既已达到目的，手段和过程就可以不去考虑了。这两句说：梦里得到不少好的诗句，一旦提起笔来，却不知应如何表述了。

| 延伸阅读 |

酿饮诸名

酴酒母也。醴一宿成也。醪浑汁酒也。酎三薰酒也。醨薄酒也。醑旨酒也。曰醝曰醙，白酒也。曰酿曰醞造酒。买之曰沽，当肆曰垆。酿之再亦曰醙，漉酒曰醨，酒之清曰醥，厚曰醹，相饮曰配，相强曰浮，饮尽曰釂，使酒曰酗，甚乱曰酱，饮而面赤曰酡，病酒曰酲，主人进酒于客曰酬，客酌主人曰酢，独酌而醉曰醮，出钱共饮目醵，赐民共饮曰酺，不醉而呶曰奰。

——《音婢说文》

# 宴谢夫人堂[1]

［宋］

朱淑真

竹引春风入酒卮，森森凉气暗侵肌。

冰峦四叠浑无暑[2]，不似人间六月时。

注释

1　朱淑真是宋代女诗人，不幸嫁与一个庸夫，生活抑郁，常常以诗遣闷。她与上流社会的贵夫人交往很多，除谢夫人外，还有魏夫人、吴夫人等。这是一首夏日的饮酒诗，诗中描绘了宴席间用冰祛暑的情况。

2　冰峦：冰山。此指堆积在盘中用以祛暑的冰块。唐代，朝廷在夏季已开始向群臣颁冰，岑参《与独孤渐道别长句兼呈严八侍御》诗："冰片高堆金错盘，满堂凛凛五月寒。"至宋代夏季用冰情况更为普遍，孟元老《东京梦华录》卷八记六月巷陌杂卖："当街列床登堆垛冰雪，惟旧宋门外两家最盛，悉用银器。"

# 张生夜载酒相过[1]

［宋］

范浚

夜卷一钩帘[2]，衣寒觉露霑[3]。
未惊风割面，且看月磨镰[4]。
玉椀鹅儿酒[5]，花瓷虎子盐[6]。
张公鸡黍旧[7]，欢笑了无嫌[8]。

注释

1　范浚是兰溪（今浙江省兰溪市）人。南宋初年举贤良方正，因不满秦桧的当权，拒不应举，长年隐居，人称“香溪先生”。张生：生平未详。从诗的内容看，是与作者过从甚密的朋友。这是一首秋夜的饮酒诗。

2　“夜卷”句：言入夜卷起窗帘。为的是饮酒赏月。钩：帘钩。把卷起的帘子，用钩挂住。

3　霑：湿润。这句说：夜寒，感觉衣服似乎被露水沾湿了。

4　“未惊”二句：言不怕凉风刺割脸面，还是开窗看如镰的新月。磨镰：磨过的镰刀。形容弯曲的新月。“磨”字很新巧。

5　鹅儿酒：鹅黄色的酒。杜甫《舟前小鹅儿》："鹅儿黄似酒，对酒爱新鹅。"

6　花瓷：雕绘花纹的瓷器。这里指盛盐用的瓷罐之类。虎子盐：即盐。据《周礼》注说：古时把用于祭祀的盐筑成虎形。这里言"虎子"是为了与上句中"鹅儿"成对。

7　张公：指东汉张劭。张公鸡黍，据《后汉书·独行传》载，张劭与范式为友，范式返乡时与张劭相约："后二年当还，将过拜尊亲。"到了约定的时间，张劭杀鸡炊黍（小米饭）以待，范式果然如期来访，两人尽欢而别。这里以范张故事喻指他与张生的友谊。

8　无嫌：无猜。"欢笑"句：言两人坦诚相处，欢笑自若。

| 延伸阅读 |

蓬莱

杨义会蓬莱仙客洛广休，既下山半，遇许主簿语之曰："吾为汝置酒四升在山上，可往饮之。此太平家酒，治人肠欲得长生饮太平。"

——《真诰》

# 道中忆胡季怀[1]

［宋］

周必大

珍重临分白玉卮[2]，醉中那暇说相思。

天寒道远酒醒处，始是忆君肠断时[3]。

注释

1　周必大是绍兴二十一年（1151）进士。这首诗大约是由家乡庐陵（今江西省吉安市）赴临安（今浙江省杭州市）应试途中所作。胡季怀：生平未详。疑即诗人的同乡好友胡邦衡。胡邦衡年长诗人二十四岁，两人唱和之诗很多。

2　白玉卮：白玉制的酒杯。“珍重”句：写别后回想临分手时饮酒的场面，更感到值得珍重。

3　“天寒”二句：承次句，言醉中不知相思，酒醒时，天寒道远才大相思，乃至断肠。白居易《醉后却寄元九》诗云：“蒲池村里匆匆别，澧水桥边兀兀回。行到城门残酒醒，万重离恨一时来。”周诗与白诗构思相近。

# 对　酒[1]

[宋]

陆　游

闲愁如飞雪，入酒即消融[2]。
花好如故人，一笑杯自空。
流莺有情亦念我，柳边尽日啼春风[3]。
长安不到十四载[4]，酒徒往往成衰翁。
九环宝带光照地，不如留君双颊红[5]。

注释

1　这首诗是淳熙三年（1176）三月陆游在成都时所作。当时他不堪幕府文檄的烦劳，因小病解职，在城西笮桥附近借居，准备卜宅躬耕；终老剑南，因自号“放翁”。诗正表现了这时愁极而转疏狂的心情。

2　“闲愁”二句：言酒可消愁。如飞雪，比喻很精巧。

3　“花好”四句：写以花鸟自娱。

4　长安：代指南宋京师临安（今浙江杭州）。十四载：十四年。陆游《复斋记》曰：“隆兴元年夏，某自都还里中。”隆兴元年（1163）至淳熙三年（1176）恰是十四个年头。

5 “九环”二句：言做高官不如饮美酒。九环宝带：《旧唐书·舆服志》：“隋代帝王贵臣，多服黄文绫袍，乌纱帽，九环带，乌皮六合靴。”君：指酒。双颊红：醉酒后的面色。

| 延伸阅读 |

华夷众品

酒则郢之富水，乌程之若下，荥阳之土窟春，富平之石冻春，剑南之烧春，河东之乾和蒲萄，岭南之灵溪博罗，宜城之九醖，浔阳之汾水，京城之西市睦，虾蟆陵之郎官清，河漠又有三勒浆类酒。法书波斯三勒，谓宝摩勒，毗黎勒，诃黎勒。

——《国史补·已上总叙》

# 西村醉归[1]

［宋］

陆 游

侠气峥嵘盖九州，一生常耻为身谋[2]。

酒宁剩欠寻常债[3]，剑不虚施细碎仇[4]。

歧路凋零白羽箭[5]，风霜破弊黑貂裘[6]。

阳狂自是英豪事，村市归来醉跨牛[7]。

## 注释

1 这首诗是淳熙八年（1181）春夏间诗人在山阴（今浙江省绍兴市）故里所作。西村位于山阴城西九里的三山，即陆游家居之所。时陆游因臣僚论其“不自检饬”而罢职闲居。诗中抒发了他不能为世所用的苦闷与愤慨。

2 “侠气”二句：说自己积极入仕是为了为国效力，实现远大抱负，并不是想在官场上谋一己之私。

3 “酒宁”句：言饮酒自适。化用杜甫《曲江二首》：“酒债寻常行处有。”

4 剑：喻才干。“剑不”句：言所赋才干是为了国，而非为了私。自注曰：“见孟东野诗。”当是误记，实乃化用刘叉诗。刘叉《姚秀才爱予小剑因赠》曰：“一条万古水，向我胸中流。临行解赠君，勿报细碎仇。”

5 “歧路”句：言他的报国之心遭到冷落。陆游一生力主抗金、收复中原。曾戎衣铁马戍卫于大散关头（在今陕西省宝鸡市西南），奔走于抗敌前线。罢官闲居江南故里，不免有一种失落感和孤寂感。白羽箭：以白色羽毛做箭尾的箭，此喻指他的抗金热情。

6 “风霜”句：喻其政治理想无法实现。《战国策·秦策》：“苏秦始将连横，……说秦王书十上，而说不行。黑貂之裘弊，黄金百斤尽，资用乏绝，去秦而归。”陆游诗词中常用此典，如《诉衷情》词：“当年万里觅封侯，匹马戍梁州。关山梦断何处，尘暗旧貂裘。”

7 “阳狂”二句：以佯狂醉酒发泄胸中的愤懑。阳狂：即佯狂。假装狂放。

# 醉歌[1]

［宋］

陆游

不痴不聋不作翁[2]，平生与世马牛风[3]。
无才无德痴顽老[4]，尔来对客惟称好。
相风使帆第一筹，随风倒柂更何忧[5]。
亦不求作佛，亦不愿封侯[6]。
亦不须脱裘去换酒[7]，
亦不须卖剑来买牛[8]。
甲第从渠厌粱肉[9]，貂蝉本自出兜鍪[10]。
燮理阴阳岂不好，才得闲管晴雨如鹁鸠[11]。
辛苦筑垒拂云祠，不如吟啸风月登高楼[12]。
尔作楚舞吾齐讴[13]，身安意适死即休。

## 注释

1　这首诗是开禧三年（1207）诗人去世前三年的作品。自绍熙元年（1190）以后，陆游绝大部分时间都是在山阴度过的。他"身杂老农间"，生活宁静而简朴，诗风趋于古朴和恬淡，但从中仍可感到爱国激情的潜流。这首《醉歌》表面上说自己与世无涉，不思进取，随波逐流，见风使舵，实际上多是反语，暗含着一种愤激的情绪。

2　"不痴"句：化用六朝时谚语。《宋书·庾炳传》引谚曰："不痴不聋，不成姑公。"意思是说，人老了就世故了，冷漠了，对世间事失去热情，装聋作哑。

3　与世马牛风：与这个社会风马牛不相及。典出《左传》僖公四年：齐侯伐楚，楚国派人对齐侯说："君处北海，寡人处南海，唯是风马牛不相及也。"风"，即"放"，言两国相去很远，即使马牛走失，也不会进入对方国界。后以"风马牛不相及"为成语，喻两事毫不相干。

4　"无才"句：《新五代史·冯道传》："契丹灭晋，道又事契丹，朝耶律德光于京师。……德光诮之曰：'尔是何等老子？'对曰：'无才无德，痴顽老子'。"诗人自耻不能驰骋疆场，抗击金人的南侵，反而退居山阴。

5　相风使帆：犹今之所言"见风使舵"。随风倒柂：与"相风使帆"同义，柂，音义同"舵"。这两句言当随波逐流。实是对见风使舵者的讽刺。

6　"亦不"二句：言既不求长生，也不求功名。封侯：《后汉书·班超传》载，班超年轻时为官府抄书以养母，一日投笔叹道："大丈夫无它志略，当效傅介子、张骞立功异域以取封侯，安能久视笔砚间乎！"后率队出使西域，官至西域都护，封定远侯。

7　脱裘换酒：见李白《将进酒》注11。这句意谓不必以脱裘换酒来显示自己的豪放。

8　卖剑买牛：《汉书·龚遂传》："遂见齐俗奢侈，好末技，不田作，乃躬率以俭约，劝民务农桑。……民有带持刀剑者，使卖剑买牛，卖刀买犊。"这句实际意思是：不能忘记国耻，放下刀剑，去过田园生活。

9　"甲第"句：意谓不管高官富豪过奢侈生活。化用杜甫《醉时歌》句："甲第纷纷厌粱肉。"

10　"貂蝉"句：言高官是从战争中奋斗出来的。句用南朝齐大将周盘龙名言"貂蝉从兜鍪中出耳"。详见《南齐书》本传。貂蝉：貂尾、蝉羽。系王公显官帽上的饰物。《后汉书·舆服志》："武冠，一曰'武弁大冠'，诸武官冠之。侍中、中常侍加黄金珰，附蝉为文，貂尾为饰，谓之'赵惠文冠'。"此代指达官显贵。兜鍪（dōu móu）：士兵的头盔。

11　燮理阴阳：语出《尚书·周官》："立太师、太傅、太保，兹惟三公，论道经邦，燮理阴阳。"燮（xiè）理，调和，调理。鹁鸠：又名鹁鸪、鹁姑。三国吴陆机《毛诗草木鸟兽虫鱼疏》："鹁鸠灰色，无绣项，阴则屏逐其匹，晴则呼之。语曰'天将雨，鸠逐妇'是也。"两句言阴阳晴雨听凭自然的安排。

12　拂云祠：指拂云堆神祠。在今内蒙古自治区五原县。据《太平寰宇记》载：唐时朔方军北接突厥，以河为界，河北岸有拂云堆神祠。突厥如有行军之事，必先往祠祭酹求福。张仁愿既定漠北，于河北筑三受降城，以拂云堆筑中受降城，与东西两城各距四百余里，置烽堠一千八百所，从此突厥不敢入境侵扰。此两句诗是愤激之语，说自己辛苦奔走于抗金前线，还不如在家乡吟诗赏月，流连风景。

13　楚舞：楚地的舞蹈。齐讴：齐国的音乐。这里以“楚舞齐讴”指歌舞。

| 延伸阅读 |

玉　薤

玉薤，隋炀帝酒名。此酒本学酿于西胡人，岂非得大宛之法。司马迁所谓“富人藏万石葡萄酒，数十岁不败者乎”。

——《龙城录》

# 重九后二日同徐克章登万花川谷月下传觞[1]

[宋]

杨万里

老夫渴急月更急，酒落杯中月先入[2]。
领取青天并入来，和月和天都蘸湿[3]。
天既爱酒自古传[4]，月不解饮真浪言[5]。
举杯将月一口吞，举头见月犹在天。
老夫大笑问客道："月是一团还两团[6]？"
酒入诗肠风火发，月入诗肠冰雪泼。
一杯未尽诗已成，诵诗向天天亦惊。
焉知万古一骸骨，酌酒更吞一团月[7]！

## 注释

1　杨万里，吉水（今江西省吉安市东北）人。绍兴进士，曾任秘书监。这首诗是绍熙五年（1194）他退休家居时所作。此诗学李白饮酒诗的气势，但风格上又有所变化。据宋罗大经《鹤林玉露》载，杨万里对这首诗非常得意，曾说："老夫此作，自谓仿佛李太白。"重九后二日：即农历九月十一日。徐克章：生平事迹未详。万花川谷，作者花圃名。传觞：即传杯，饮酒。

2　"老夫"二句：言酒倒在杯中人还没有喝，月亮就先映进去了。

3　蘸湿：指天、月映入酒中，故言"蘸湿"。

4　"天既爱酒"句：语出李白《月下独酌》其二："天若不爱酒，酒星不在天。地若不爱酒，地应无酒泉。天地既爱酒，爱酒不愧天。"

5　"月不"句：语出李白《月下独酌》其一："月既不解饮，影徒随我身。"浪言：信口胡说。这里是有意和李白唱反调。

6　"举杯"四句：写饮酒吞月。以俗为雅，风趣幽默，很能代表杨万里的诗风。

7　"焉知"二句：言千载之后谁能知道我这具骸骨在喝酒时还曾吞过一轮月亮！诗思奇巧。

# 留萧伯和仲和小饮[1]

［宋］

杨万里

谁曾白日上青天[2]，谁羡千钟况万钱[3]。
要入诗家须有骨[4]，若除酒外更无仙[5]。
三杯未必通大道[6]，一醉真能出百篇[7]。
李杜饥寒才几日，却教富贵不论年[8]。

## 注释

1　这首诗是杨万里晚年退休乡居时所作。萧伯和、仲和：两兄弟，生平事迹不详。大约与诗人同乡或相去不远。

2　白日上青天：指成仙。道家认为服药可以成仙，白日飞升。《太平广记》载，仙女明星、玉女“居华山，服玉浆，白日升天”。

3　千钟、万钱：指高官厚禄。《史记·魏世家》：“魏成子以食禄千钟。”

4　“要入”句：言诗人要有骨气。

5　“若除”句：言诗人当饮酒。除酒外，无所谓仙。

6　“三杯”句：反用李白《月下独酌》：“三杯通大道，一斗合自然。”

7 “一醉”句：语出杜甫《饮中八仙歌》“李白一斗诗百篇”。

8 “李杜”二句：意谓李、杜虽穷，诗文却能流芳百世，而高官虽贵，却不能长久享受。李白《江上吟》：“功名富贵若长在，汉水亦应西北流。”

| 延伸阅读 |

### 停花悬树

南海顿逊国有酒树，似安石榴，采其花汁停瓮中数日，成酒甘美。《南史》西南夷有树类棕，高五六丈，结实大如李。土人以麴纳罐中，以索悬罐于实下，倒其实取汁流于罐以为酒。名曰“树头酒”。

——《云南志》

# 酒[1]

［宋］

徐玑

才倾一盏碧澄澄[2]，自是山妻手法成。
不遣水多防味薄，要令曲少得香清[3]。
凉从荷叶风边起，暖向梅花月里生[4]。
世味总无如此味，深知此味即渊明[5]。

注释

1　这首诗写酿酒和饮酒的体会，对世态炎凉颇有感慨。

2　碧澄澄：青碧而透明。写酒的颜色。由于用曲、配料和酿制方法的不同，古时的酒已有黄、红、绿、白等多种颜色。

3　“不遣”二句：言用水少、用曲少，酒才能醇厚清香。为充分发挥酒曲的效力，古人在酿酒时常多次投料，使初酿时曲力强，抑制杂菌的生长。而发酵后期加入的原料又可将曲力耗尽，使酒味醇而无刺激感。北魏贾思勰《齐民要术》曰：“酒以投多为善，要其曲力相及。”

4　“凉从”二句：言酒在夏季饮用感到清爽，冬季饮用则感到温暖。古人在夏天饮冷酒或冰镇酒，冬天饮温热了的酒。

5　“世味”二句：言世情冷淡，不如酒味醇厚，陶渊明深知世味和酒味。东晋诗人陶渊明因不满现实的黑暗而归隐田园，每日以吟诗饮酒为乐，作《饮酒》诗二十首，其第十四首曰：“不觉知有我，安知物为贵。悠悠迷所留，酒中有深味。”

| 延伸阅读 |

卦名证入

东坡一日会客，坐客举令，欲以两卦名证故事。一人云：“孟尝君门下三千客，大有、同人。”一人云：“光武兵渡滹沱，未济、既济。”一人云：“刘宽婢羹污朝衣，家人、小过。”东坡云：“牛僧孺父子犯罪，先斩小畜，后斩大畜。”盖指荆公父子也。

——《唾玉集》

# 饮　中[1]

[宋]

戴复古

布衣不换锦宫袍[2]，刺骨清寒气自豪。
腹有别肠能贮酒[3]，天生左手惯持螯[4]。
蝇随骥尾宜千里[5]，鹤在鸡群亦九皋[6]。
贤似屈平因独醒，不禁憔悴赋离骚[7]。

注释

1　南宋后期文坛上有一诗派，大多由流转江湖的落第文人组成，故人称“江湖派”。戴复古便是江湖派中的代表人物。这首诗借饮酒抒发了愤世嫉俗、笑傲王侯的情绪。

2　布衣：指未曾做官的平民。戴复古布衣终生，长期浪迹江湖。这里说他不屑于入仕，以布衣换锦袍。

3　别肠能贮酒：用五代人周维岳的典故。《十国春秋·闽·景宗纪》载：闽主王曦尝曲宴群臣，众人皆醉而退席，惟周维岳在座。曦问：“维岳身甚小，何饮酒之多？”左右曰：“酒有别肠，不必长大。”

4　左手惯持螯：用晋代毕卓的典故。见苏轼《章质夫送酒六壶书至而酒不达戏作小诗问之》注 5。

5　“蝇随”句：讽刺庸碌无为的蝇营之辈，靠依附他人而求得显达。即所谓如蝇附骥。《史记 · 伯夷传》有“附骥尾而行益显”之语，《索隐》曰：“苍蝇附骥尾而致千里，以譬颜回因孔子而名彰也。”

6　“鹤在”句：以鹤自指。言自己虽身为布衣，却能以诗名世。鹤在鸡群：《世说新语 · 容止》：“有人语王戎曰：‘嵇延祖（绍）卓卓如野鹤之在鸡群。’”后以“鹤立鸡群”喻人之才德或仪表出众。九皋：水泽深处。《诗经 · 小雅 · 鹤鸣》：“鹤鸣于九皋，声闻于天。”此言“九皋”即取“声闻于天”之意。

7　“贤似”二句：以屈原自喻。言自己不愿与社会中的丑恶同流合污，只能如屈原憔悴江边赋《离骚》。屈平：战国时楚国大诗人屈原。他曾任三闾大夫，主张举贤任能，抵御秦国的侵略，后遭谗去职，长期流放于湘沅一带。因无力扭转楚国政治的腐败局面，并深感自己政治理想无法实现，终含恨投汨罗江而死。独醒：《楚辞 · 渔父》载，渔父问屈原为什么被放逐，屈原回答说：“举世皆浊我独清，众人皆醉我独醒，是以见放。”赋离骚：《离骚》是屈原所作长篇政治抒情诗。诗中倾诉了他对楚国命运的关怀，表达了他要求革新政治、与腐朽贵族集团斗争的坚强意志，以及理想幻灭后的种种痛苦。这里是说他也要像屈原那样在诗中指斥社会的黑暗，抒写愤懑不平的心情。

# 醉后[1]

［金］

元好问

蚤岁披书手不停[2]，中年所得是忘形[3]。
天公不禁人间酒，崔瑗虚留座右铭[4]。
身后山丘几春草，醉来日月两秋萤[5]。
柴门老雨青苔满，一解狂歌且自听[6]。

注释

1　元好问是山西人，因蒙古军南侵长期流寓河南。这首诗当是家居登封时所作。诗中流露出脱略世情的老庄思想，其中“醉来日月两秋萤”一句是全篇之警策，最为精彩。

2　蚤岁：即“早岁”。蚤，同“早”。披书：读书。披，打开、翻阅。

3　忘形：指养志。《庄子·让王》：“养志者忘形。”这里即用《庄子》之意，言自己中年得到了人生的真谛。

4　崔瑗：字子玉，后汉人。有《座右铭》曰：“无道人之短，无说己之长。施人慎勿念，受施慎勿忘。……慎言节饮食，知足胜不祥。”此句意谓不必像崔瑗所说的那样，谨小慎微地生活。

5 “醉来”句：言醉酒后将太阳、月亮看成秋天的萤火虫。虽写醉酒的错觉，实与《庄子》“齐万物、等生死”的哲学思想相通。《齐物论》曰：“天下莫大于秋毫之末而大（太）山为小。”

6 一解：乐曲的一章、一段。犹今言“一曲”。

| 延伸阅读 |

### 字旁为率

宋时有以进士为举首者，其党人意侮之。会其人出令曰，以字偏旁为率。曰：“金银钗钏铺。”次一人曰：“丝绵·绢网。”至其党人曰：“鬼魅魍魉魁。”

——《贡父诗话》

# 对 酒[1]

［元］

倪 瓒

题诗石壁上，把酒长松间。
远水白云度，晴天孤鹤还。
虚亭映苔竹[2]，聊此息跻攀[3]。
坐久日已夕，春鸟声关关[4]。

注释

1 倪瓒是无锡人，家境富庶而性情恬淡，自号云林居士。这首诗正反映出他超尘脱俗的隐士生活。

2 虚亭：栏柱结构的亭子。

3 息：停止。跻攀：指仕途上的追求。

4 关关：鸟鸣的拟声词。《诗经·周南·关雎》：“关关雎鸠，在河之洲。”

# 夏日饮山亭[1]

[元]

刘因

借住郊园旧有缘，绿阴清昼静中便[2]。
空钩意钓鱼亦乐[3]，高枕卧游山自前[4]。
露引松香来酒盏[5]，雨催花气润吟笺。
人来每问农桑事，考证床头种树篇[6]。

注释

1　这是刘因在友人庄园中借住时的作品。诗中表现出闲雅的田园意趣。

2　便（pián）：安适。

3　空钩：不挂鱼饵的钓钩。意钓：心理上觉得是在钓鱼。此暗合姜太公钓鱼的典故。相传姜太公在渭水边钓鱼直钩不设饵，后遇周文王。鱼亦乐：人以“意钓”而乐，无损于鱼，故鱼亦乐。暗合《庄子·秋水》“濠梁观鱼”的典故：“庄子与惠子游于濠梁之上。庄子曰：‘鲦鱼出游从容，是鱼之乐也。’惠子曰：‘子非鱼，安知鱼之乐？’庄子曰：‘子非我，安知我不知鱼之乐？’惠子曰：‘我非子，固不知子矣。子固非鱼也，子之不知鱼之乐全矣。’”

4　“高枕”句：言躺在床上，欣赏山水画，以代替游览。此用南朝人宗炳的典事。《宋书·宗炳传》：“有疾还江陵，叹曰：‘老疾俱至，名山恐难遍睹，唯当澄怀观道，卧以游之。’凡所游履，皆图之于室。”

5　露引松香：松枝上滴下露水。

6　种树篇：即《种树书》。托名为唐代郭橐驼撰。是记述农作物及果、木栽培的农业书。

| 延伸阅读 |

千　里

任昉谓刘杳曰："酒有千里，当是虚言。"杳曰："桂阳程乡有千里酒，饮之至家而醉。亦其例也。"昉大惊曰："吾自当遗忘，实不忆此。"杳曰："出杨元凤所撰。"

——《梁书》

# 逢张架阁[1]

［明］

高启

花落江南酒市春，逢君归骑带京尘[2]。

一杯相属成知己，何必相逢是故人[3]。

注释

1　架阁：元代所设负责保管文书的官职。此官职入明后废止。由此推知此诗是元朝治下所作。高启是长洲（今江苏省苏州市）人，元末隐居吴淞青丘（因自号青丘子），逢张架阁或即此时。张架阁：生平未详。

2　“花落”二句：言张架阁于暮春自京师（今北京）返回江南。由“归骑（jì）”二字可知，张架阁也是长江以南的人。

3　“一杯”二句：言杯酒成交。可知诗人与张架阁过去并不相识。两句写得非常豪爽。

# 次韵铁崖先生醉歌[1]

[明]

贝琼

先生爱酒称酒仙[2]，清者为圣浊为贤[3]。
清江三月百花合，江头日坐流萍船。
左携张好右李娟，紫檀双凤鹍鸡弦[4]。
倾家买酒且为乐，老妇勿忧无酒钱[5]。
白日西没大东旋，秋霜入镜何当玄[6]。
蓬莱有路不可到，祖龙已腐三重泉[7]。
何如快饮三万日[8]，酒楼即起糟丘边[9]。
愿持北斗挹东海，月落枕股楼头眠[10]。

## 注释

1　铁崖先生：即杨维桢。维桢诸暨（今属浙江省）人，元末明初文学家。《明史》载，少时其父“筑楼铁崖山中，绕楼植梅百株，聚书数万卷，去其梯，俾诵读楼上者五年，因自号铁崖。”入明后拒不出仕，隐居松江上，每日以饮酒作书为乐。有《东维子集》《铁崖先生古乐府》传世。集中无以“醉歌”名篇者，有《用韵复云松老人华阳巾歌》用“先”韵，且谈饮酒事。贝琼这首次韵诗或即赓和此作。

2　先生：指铁崖先生。

3　“清者”句：言清酒浊酒。见李白《月下独酌》注 9。

4　“清江”四句：写春日江上饮酒作乐。《明史·杨维桢传》：“或戴华阳巾，披羽衣坐船屋上，吹铁笛作《梅花弄》，或呼侍儿歌白雪之辞，自倚凤琶和之，宾客皆蹁跹起舞，以为神仙中人。”张好、李娟：指歌妓。张好：即张好好。唐代歌妓，杜牧有《张好好诗》。李娟：唐代歌妓。白居易诗：“李娟张态君莫嫌，亦拟随时且教取。”自注：“李娟、张态，二妓女。”紫檀双凤鹍鸡弦：紫檀木制成的凤头琵琶。

5　“倾家”二句：言倾囊买酒作豪饮。李白《将进酒》“陈王昔时宴平乐，斗酒十千恣欢谑。主人为何言少钱，径须沽取对君酌。”诗意近似。

6　“白日”二句：言当及时行乐。饮酒当通宵达旦，因为白发不能再黑。大东旋，言日返东方。秋霜：指白发。何当：何时能够。玄：黑。

7　“蓬莱”二句：用秦始皇求长生不死药事。《史记·秦始皇本纪》："齐人徐市等上书，言海中有三神山，名曰蓬莱、方丈、瀛洲，仙人居之。请得斋戒，与童男女求之。于是遣徐市发童男女数千人，入海求仙人。"徐市入海求仙药数岁不可得，而始皇却尸腐车中。祖龙：秦始皇。裴骃《史记集解》引苏林曰："祖，始也；龙，人君象，谓始皇也。"

8 三万日：指人生一世。这句化用李白《襄阳歌》："百年三万六千日，一日须倾三百杯。"

9 "酒楼"句：化用李白《襄阳歌》："此江若变作春酒，垒曲便筑糟丘台。"

10 "愿持"二句：言要以天上的北斗星（呈勺形排列）为酒杓，以东海水为酒浆，开怀痛饮，醉了便在楼头酣睡。《诗经·小雅·大东》："维北有斗，不可以挹酒浆。"挹（yì）：舀。

| 延伸阅读 |

## 龙 膏

顺宗时处士伊初玄召人宫。饮龙膏酒，黑如纯漆，饮之令人神爽。此本乌弋山离国所献。

——《杜阳杂编》

# 九日王时融招饮[1]

［明］

潘子安

喜见长瓶破晓封，忽移春晕上衰容[2]。
故人已觉樽前少[3]，佳节偏于客里逢。
千里暮愁连蟋蟀，无边秋色醉芙蓉。
而翁此际登高处[4]，应在三山第一峰[5]。

注释

1　九日：重阳节。农历九月初九。参读唐赵嘏《九日陪越州元相燕龟山寺》诗。王时融：生平未详。潘子安为和州（安徽省和县）人。事迹无考。此诗当是客游他乡时所作。

2　“喜见”二句：言开瓶饮酒，酒改衰颜。破晓封：天晓破封，即开酒瓶。春：指酒。晕：指酒后脸色晕红。

3　“故人”句：言旧友稀少，多已故去，无人陪伴饮酒。杜甫《昔游》：“隔河忆长眺，青岁已摧颓。不及少年日，无复故人杯。”

4　而翁：即尔翁、乃翁。指王时融的父亲。登高：登山。重阳节人们有登高、插茱萸、饮菊花酒的风习。王维《九月九日忆山东兄弟》："遥知兄弟登高处，遍插茱萸少一人。"

5　三山：在今江苏南京市西南板桥附近长江边。此泛指所登之山。

|延伸阅读|

## 竹　叶

《吴志》乌程酒有竹叶春。杜子美《九日诗》云："竹叶于人既无分，菊花从此不须开。"又有金陵春，李白诗云："瓮中百斛金陵春。"又有麴米春，杜甫诗云："闻道云安麴米春。"又有抛青春，韩愈诗云："且可勤买抛青春。"又有松醪春，见《裴铏传奇》。凡酒以春为名者，皆取毛诗"为此春酒，以介眉寿"之义。

——《巳上名品》

# 十四夜月与李二献吉饮[1]

［明］

王九思

万户秋风砧杵哀，殊乡今夕故人来[2]。
竹间凉露萧萧下，楼上浮烟细细迴[3]。
地僻柴门无过客，家贫樽酒有馀醅[4]。
疏帘碧簟须同醉[5]，明月青天为尔开。

注释

1　十四夜月：指农历八月十四日月，即中秋节的前一日。明武宗正德五年（1510），宦官刘瑾因擅威弄权、图谋不轨而被治罪。王九思因名在瑾党，由京官降为青州（治所在今山东省青州市）同知。此诗当是在青州时所作。李献吉：李梦阳，字天赐，又字献吉。曾任户部郎中。因反对刘瑾下狱。刘瑾事败后，迁江西提学副使。他与王九思俱为前七子（李、王外，还有何景明、徐祯卿、边贡、康海、王廷相）中人物，提倡“文必秦汉、诗必盛唐”的复古主张。王九思这首夜饮诗多化用或模拟杜甫诗句，即含“诗必盛唐”的宗旨。

2　“万户”二句：写秋夜故人来访。殊乡：异乡，他乡。故人来：指李献吉来访。

3　“竹间”二句：写夜饮环境。萧萧下：诗语化用杜甫《登高》：“无边落木萧萧下。”浮烟：形容月光在湿润的空气中的状态。

4　“地僻”二句：写家贫客少。化用杜甫《客至》：“盘飧市远无兼味，樽酒家贫只旧醅。”

5　碧簟：透出青绿色的竹席。

| 延伸阅读 |

## 君　山

《湘中记》云：“道士言君山左右皆有美酒，得饮之者不死。”又《岳阳风土记》云：“寺僧春时往往闻酒香，寻之莫知其处。”

# 寒食思友小酌[1]

［明］

方太古

已买桐江旧钓船[2]，清江白石趁鸥眠。

风前转眼逢寒食[3]，时事惊心岂少年[4]。

故园梨花千树雪，小堂杨柳一林烟[5]。

夜来有梦高阳侣[6]，觅得村沽饮十千[7]。

注释

1　方太古，字元素，兰溪（浙江省兰溪市）人。不应征召，终身布衣，遍游吴楚诸名胜。这首诗是他浪游生活的写照。

2　桐江：位于浙江省中部，即钱塘江自建德市梅城至桐庐一段。旧钓船：暗用东汉严光故事。光，字子陵，与光武帝同学。帝即位，征召，不受，隐于桐庐富春山，以躬耕垂钓为事。今桐江有严陵钓台。

3　寒食：节令名。在农历清明前一日或两日。相传春秋时晋国介之推辅佐重耳（晋文公）出游，回国后，隐于山中。重耳烧山逼他出来受禄，介之推抱树而死。晋文公为悼念他，禁止在之推死日生火煮饭，只能吃冷食，故以此日为寒食节。

4　时事惊心：指朱宸濠谋反事。朱宸濠是明太祖第十六子朱权的玄孙，弘治（1488—1505）中袭封宁王，党羽众多。于武宗正德十四年（1519）四月自南昌起兵谋反，攻南康、九江，浮江东下，准备占据南京。当年为王守仁设计擒获，诛于通州。方太古眼见江南骚乱情景，曾慨叹说："此一壶千金之日也！"并自号"一壶生"，诗或即作于此年。

5　"故园"二句：写暮春景色。化用唐岑参《送杨子》："梨花千树雪，杨叶万条烟。"

6　高阳侣：指酒友。即诗题中所说的"友"。据《史记·郦生陆贾列传》载，郦食其谒见刘邦，使者谢曰："沛公（指刘邦）敬谢先生，方以天下为事，未暇见儒人也。"郦食其瞋目按剑叱使者曰："走！复入言沛公，吾高阳酒徒，非儒人也。"后将好饮酒而狂放不羁的人称为"高阳酒徒"。

7　村沽：乡村卖酒店。十千：指一斗酒。古人有"斗酒十千"之说，此以买价代指酒量。见王维《少年行》注 2。

# 对　酒[1]

［明］

张　灵

隐隐江城玉漏催[2]，劝君须尽掌中杯。

高楼明月清歌夜，知是人生第几回[3]？

注释

1　张灵，字梦晋，吴县（江苏省苏州市）人。善画山水人物，间作竹石花鸟。工诗，好交游，常饮酒作狂。本篇正是其性格及生活的写照。

2　江城：江边之城，如武昌；亦泛指水边之城，如宣城。这里似指苏州。苏州地近太湖，水路交通发达，且有运河经过。玉漏：古时一种滴漏计时装置。

3　“高楼”二句：写高楼夜饮。豪放似李白而情调稍异，带有一种深沉的感叹。

# 家人初至京置酒亭中对雪作[1]

［明］

区大相

庭霰今朝集[2]，家筵此日开。
不知燕地雪，犹讶故园梅[3]。
玉袖承花出，珠帘卷絮回[4]。
瑶华虽可赠[5]，留赏上春来。

## 注释

1　这首诗写夫妻相聚对饮的情景。古来饮酒诗很多，但写夫妻对饮者却不多见，因此这诗便弥足珍贵。区大相，广南高明（广东省佛山市高明区）人，万历己丑年（1589）进士，官翰林检讨。家人至京当在中进士后不久。

2　霰（xiàn）：与米雪相似的白色不透明小雪珠。此泛指雪。

3　“不知”二句：言家人生在南方，未见过北方的雪，故见雪惊讶，疑是故园的梅花开放了。沈德潜《明诗别裁》评此诗曰：“海南无雪，故颔联特妙。”

4　“玉袖”二句：写妻子用手去接雪花的动作，以表现其对雪的惊讶和欣喜。非常传神。沈德潜评曰："颈联亦秀艳，'香雾云鬟'同一笔墨。"按：杜甫《月夜》："今夜鄜州月，闺中只独看。遥怜小儿女，未解忆长安。香雾云鬟湿，清晖玉臂寒。何时倚虚幌，双照泪痕干。"

5　瑶华：琼花。指雪。

| 延伸阅读 |

## 醉　圣

李白醉后行文转奇，号"醉圣"。尝云："予少时大人令诵《子虚赋》，私心爱之。及长南游云梦，览七泽之壮观，醉隐安陆者十许年。"玄宗尝召白应制赋诗。置麴清潭，砌以银砖，泥以石粉，贮三辰酒一万车，赐"当制学士"。

# 任城将南还半舫先生馅酒走笔言谢[1]

［明］

吴本泰

李白楼前黄叶洲[2]，欲发不发仍淹留[3]。
青毡近对许主簿[4]，白衣恰送王江州[5]。
五侯掉头那肯顾[6]，一杯入手百不忧。
读公新诗饮公酒，醉眠松石风飕飕。

## 注释

1　吴本泰是仁和（浙江省杭州市）人，崇祯甲戌年（1634）进士，有《北游》《西征》《东瞻》《南还》诸诗草。这首诗当是“东瞻”欲“南还”时所作。任城：明时为济宁州治，即今山东省济宁市。半舫先生：生平未详。疑即诗中提到的“许主簿”。

2　李白楼：济宁城头有太白楼。或曰“太白酒楼”。旧时为纪念唐代诗人李白而建。黄叶：指秋天。洲：济宁有大运河经过，此当指运河洲渚。

3 “欲发”句：句式仿李白《金陵酒肆留别》：“金陵子弟来相送，欲行不行各尽觞。”

4 青毡：青毡帐。为给诗人饯行而搭起的临时篷帐。许主簿：疑即任城主簿。汉以后中央各机构及地方郡、县官府皆设有主簿，负责文书簿领，掌管印鉴，为掾史之首。

5 王江州：指东晋江州刺史王弘。“白衣”句：用王弘派白衣使给陶渊明送酒事。见陆龟蒙《袭美醉中寄一壶并一绝走笔次韵奉酬》注 3。指“半舫先生饷酒”。

6 五侯：见温庭筠《夜宴谣》注 4。诗句言不屑于高官显位。

| 延伸阅读 |

九酝消肠

张华字茂先，为九酝酒。以三薇渍麴糵，糵出西羌，麴出北胡。胡中有指星麦，酿酒醇畅。闾里歌曰：“宁得醇酒消肠，不与日月齐光。”

# 叙州逢乡客留饮[1]

［明］

徐斗支

南溪古僰国[2]，信宿也相宜[3]。
月白山当户[4]，风轻水满陂。
鸟呼秦吉了[5]，药咀五加皮[6]。
万里逢乡客，衔杯话所知[7]。

注释

1　徐斗支字梁父，嘉兴（浙江省嘉兴市）万寿宫道士。曾入蜀地，有《蜀道吟》《荆南杂咏》。此诗即入蜀时所作。叙州：汉犍为郡，南朝梁置戎州。唐朝一度改为南溪郡，宋改称叙州，明时为叙州府，治所即今四川省宜宾市。

2　南溪：指叙州，因其一度为南溪郡。古僰（fú 服）国：言叙州古为蛮夷之地。僰，古称西方为“僰”。见《礼记·王制》。汉时僰人居叙州，或称“摆夷”，是少数民族。中华人民共和国成立前后尚在。

3　信宿：短期居住。《左传·庄公三年》：“凡师一宿为舍，再宿为次，过次为信。”

4　山当户：山正对着门户。

5　秦吉了：鸟名。又名鹩哥。喙、足橙色，头部有鲜黄色肉质垂片，通体羽毛黑色并带有金属光泽。分布于云南、广西、海南岛等地。善效鸣，可饲养观赏。

6　五加皮：中药名。系五加科植物（刺五加及短梗五加）的干燥根皮。性辛温，有祛风湿，壮筋骨，强腰膝的功用。蜀地湿热，故好用此药。《巴蜀异物志》引《文章草赞》曰：“文章作酒，能成其味，以金买草，不言其贵。”文章草即五加皮。

7　“万里”句：言他乡遇同乡。古人以为“久旱逢甘雨，他乡遇故知，洞房花烛夜，金榜题名时”，是人生的四大快事。

|延伸阅读|

### 醉以头书

张长史字伯高，每大醉叫呼狂走乃下笔。或以头濡墨而书，既醒自视以为神，不可复得也。世号“张颠”。李颀诗：“张公性嗜酒，豁达无所营，露顶据胡床，长叫三五声。”

# 秋日西郊宴集[1]

［清］

陈恭尹

黍苗无际雁高飞[2]，对酒心知此日稀[3]。

珠海寺边游子合[4]，玉门关外故人归[5]。

半生岁月看流水，百战山河见落辉。

欲洒新亭数行泪，南朝风景已全非[6]。

注释

1 陈恭尹字元孝，顺德（广东省佛山市顺德区）人。十余岁时父亲邦彦举兵抗清，事败被杀。他一生隐居不仕，自号“罗浮布衣”。诗文清迥拔俗，与屈大均、梁佩兰并称岭南三大家。这首宴集之作抒写了家国兴亡的感叹。

2 黍苗：以禾黍寓亡国之悲。《诗经·王风》中有《黍离》篇，《诗序》曰：“《黍离》，闵宗周也。周大夫行役至于宗周，过故宗庙宫室，尽为禾黍，闵周室之颠覆，彷徨不忍去而作是诗。”

3 “对酒”句：言相聚之日无多。

4 珠海：谓产珠之海。顺德滨海，故以“珠海”代指。珠海寺，当是诗人家乡的寺庙。

5 “玉门”句：言故人从玉门关外归来。诗题小注：“时屈子归自塞上。”屈子，即屈大均，广东番禺人。清兵入广州前后曾参加抗清队伍，失败后削发为僧。不久还俗，北游关中、山西等地。诗风明健，与陈恭尹齐名。

6 “欲洒”二句：用新亭对泣事。比喻他与屈大均等人的这次西郊宴集。西晋末，中原战乱中王室渡江流亡东南，王导等人在新亭对泣，哀挽感叹北土沦亡。《世说新语·言语》：“过江诸人每至美日辄相邀新亭，藉卉饮宴。周侯（𫖮）中坐而叹曰：‘风景不殊，正自有山河之异！’皆相视流泪。唯王丞相（导）愀然变色曰：‘当共戮力王室，克复神州，何至作楚囚相对！’”新亭：故址在今江苏南京市西南长江之滨。

| 延伸阅读 |

碧筒杯

历城北有使君林。魏正始中郑公悫，三伏之际，每率宾僚避暑于此。以簪刺莲叶令与柄通，轮菌如象鼻，传吸之。名“碧筒杯”。

# 王允塞招饮竹林精舍醉赋[1]

［清］

屈大均

黄神峪口开精舍[2]，萧萧树石流泉泻[3]。
主人觞我竹林前，与客七人成七贤[4]。
旷达谁能拘礼教，豪雄不屑居神仙。
娇歌急管且流连，蛾眉相妒不相怜。
躄者欲斩平原妓[5]，蔡经难受麻姑鞭[6]。
醉来飞马直上天，蹴踏华峰十丈莲[7]。
人间万事如尘烟，我乃酒狂合自然[8]，
请君无为醒者传[9]。

## 注释

1　屈大均这首诗是北游关中至华山时作。参见陈恭尹《秋日西郊宴集》注 5。王允塞：生平未详。当居华山，是竹林精舍主人。精舍：旧时指书斋、学舍、集生徒讲学之所。

2　黄神峪：即黄神谷。在华山东部，相传为真人黄芦子隐居处。"黄神"句，言王允塞的竹林精舍在黄神谷口。

3　"萧萧"句：写精舍环境。黄神谷口有黄龙潭，潭水西北流，俗称"大涧"，南入长涧河。"流泉"当指潭水。

4　"主人"二句：以魏晋间"竹林七贤"比况在竹林精舍宴饮的七人。据《世说新语·任诞》载，阮籍、嵇康、山涛、向秀、阮咸、王戎、刘伶相与友善，常宴集于竹林之下，时人号为"竹林七贤"。

5　"躄者"句：事见《史记·平原君列传》：平原君赵胜养客数千人。一日，家中美妾嘲笑邻家躄（跛足）者的步态。躄者上门要求平原君杀掉嘲笑他的人，平原君不以为然。后门客渐渐离去，有人对平原君说："以君之不杀笑躄者，以君为爱色而贱士，士即去耳。"于是平原君斩笑躄者美人头，并登门向躄者道歉。此承上句"蛾眉相妒不相怜"而来，在酒酣而不拘礼法时，侑酒的歌伎不愿与之相娱，因而有"欲斩平原妓"的怨怒。

6　"蔡经"句：据《神仙传》载，汉孝桓帝时，仙人王方平降蔡经家，并招麻姑前来与蔡经一家共同饮酒。麻姑自云"已见东海三为桑田"，但看去只有十八九岁年纪。席间蔡经见麻姑指爪纤细，暗想："背大痒时，得此爪以爬背，当佳。"

此念一生，便被方平知道。他使人鞭打蔡经，并说：“麻姑神人也，汝何思谓爪可以爬背耶？”旁人但见鞭着蔡经背，不见有持鞭者。此承上文，言不该有非分之想。

7　华峰十丈莲：华山西峰曰莲花峰。

8　“我乃”句：化用李白《月下独酌》：“三杯通大道，一斗合自然。”

9　“请君”句：化用李白《月下独酌》：“但得酒中趣，勿为醒者传。”

｜延伸阅读｜

青山白云醉死

傅奕，相州人，善数学，自言其学不可传。将卒自志曰：“傅奕青山白云人也，以醉死。”

# 独　酌[1]

［清］

屈大均

岁月无多叹逝川[2]，七旬更待十三年[3]。
忘忧却在难忘处[4]，学道还如未学前。
黄鸟竹间催独酌，白鸥花下伴闲眠。
藏书不少名山业[5]，儿女他时各一编。

注释

1　本篇写诗人隐居乡里，一腔故国之思化为落寞闲愁。参见陈恭尹《秋日西郊宴集》注5。《屈翁山诗集》卷五此诗题下作者自注曰："时丙寅（1686）春五十七岁。"

2　叹逝川：语出《论语·子罕》："子在川上曰：'逝者如斯夫，不舍昼夜！'"后人援用孔子叹逝川感慨岁月的流逝。

3　"七旬"句：言时年五十七岁，至七十岁尚差十三年。

4　难忘处：指作者家乡番禺。他曾在这里抗清失败。

5　"藏书"句：言著书藏诸名山。古人担心其著作亡佚，故置诸石函，藏于名山。《史记·太史公自序》：“协六经异传，整齐百家杂语，藏之名山，副在京师，俟后世圣人君子。”名山业：名山事业。指著书立说。

| 延伸阅读 |

### 不斋醉如泥

周泽字稚都，为太常，清洁循行，时人为之语曰：“一岁三百六十日，三百五十九日斋，一日不斋醉如泥。”

# 孟阳载酒就余同饮方失子叠前韵志感[1]

［清］

钱谦益

别后春醪忆共持[2]，多君载取慰相思[3]。

岂知河朔开尊日[4]，正是延陵丧子时[5]。

醉死却输刘白早[6]，忧来还恨杜康迟[7]。

淋漓戏墨灯前事，涴壁书窗更泥谁[8]。

注释

1　这首诗作于明天启七年（1627）。当时钱谦益因被列为东林党人，由侍读学士罢官还居乡里（江苏常熟）。中年罢官，又逢子丧，四十五岁的诗人，心情非常沉痛。诗中正流露出这种哀伤。孟阳：即程嘉燧。嘉燧休宁人，字孟阳，号松圆。少年时狂放不羁，弃举子业，学剑不成，乃折节读书。精音律，工书画，尤长于诗。诗集曰《浪淘集》。侨居嘉定（今上海市嘉定区），与钱谦益过从甚密。叠：重复。前韵：指前此所作《金坛酒垂尽而孟阳方至小饮作》，诗曰：“佳醞那能不共持，开尊欲酌便相思。曹公自解沉吟意，陶令偏怜顾影时。杯尽正如春去急，壶倾可奈客来迟。一觞莫笑频相劝，无酒明朝更慰谁？”

2　春醪忆共持：指与孟阳共饮金坛酒事。

3　多君：对人的敬称。载取：指载酒事。取，语气词。

4　河朔：泛指黄河以北地区。河朔开尊日，指避暑之饮，即夏日的醉饮。《初学记》引魏文帝曹丕《典论》曰：“大驾都许，使光禄大夫刘松北镇袁绍军，与绍子弟日共宴饮。常以三伏之际昼夜酣饮，极醉，至于无知，云以避一时之暑。故河朔有避暑饮。”

5　延陵：即春秋时吴公子季札。《史记·吴太伯世家》：“季札封于延陵，故号曰延陵季子。”延陵丧子，《礼记·檀弓》载，延陵季子长子丧，“既封，左袒，右还其封，且号者三，曰：‘骨肉归于土，命也。’”此借指自己失子。

6　“醉死”句：言欲长醉不醒却落在刘白堕之后。刘白：即刘白堕。北魏杨衒之《洛阳伽蓝记》载：“河东人刘白堕善能酿酒，夏季六月时暑赫晞，以罂贮酒，暴于日中。经一旬，其酒不动。饮之香美，醉而经月不醒。”

7　“忧来”句：言意欲解忧，而解忧之酒却来迟了。杜康：指酒。三国魏曹操《短歌行》：“何以解忧，唯有杜康。”参见《短歌行》注 7。

8　涴（wò）壁：在墙上涂抹。涴，污染。泥（nì）亲近，纠缠。这里有亲热疼爱的意思。唐卢仝《示添丁》诗：“不知四体正困惫，泥人啼哭声呀呀。”“淋漓”二句：意谓幼子死了，再不能在灯前写字，也不能逗人喜爱地在壁上、窗上胡乱涂抹了。

# 慧山酒楼遇蒋翁[1]

［清］

吴伟业

桑苎谁来继，名泉属卖浆[2]。
价应夸下若[3]，味岂过程乡[4]。
故老空山里[5]，高楼大道旁。
我同何水部，漫说拨醅香[6]。

注释

1　吴伟业是江苏太仓人，此诗即晚年隐居家乡时所作。清代旧注认为诗作于顺治十七年（1660）至康熙五年（1666）。慧山：亦写作“惠山”，因西域僧慧照居此山而得名。在今江苏省无锡市西。惠山第一峰白石坞下有三池，上池形圆味甘，泉中含多种矿物质，以钱币投之，能旋转久而不下。唐陆羽以此为第二泉（以庐山康王谷水帘水为第一）。附近居民多以泉水酿酒，称慧泉酒，颇清洌。蒋翁：生平未详。

2　桑苎：指陆羽。羽字鸿渐，自称“桑苎翁”。唐复州竟陵（今湖北省天门市）人。以嗜茶著名，撰有《茶经》。此两句言惠山名泉在陆羽之后，来接管的已经是卖酒之人了。意谓名泉不用于煮茶而用于酿酒。浆：指酒。

3　下若：亦作“下箬”，在今浙江省长兴县南。《太平寰宇记》“湖州长兴县”条引南朝梁顾野王《舆地志》：“夹（箬）溪悉生箭箬，南岸曰上箬，北岸曰下箬；二箬，村名。村人取下箬水酿酒，醇美胜于云阳，俗称下箬酒。”此以酒产地名代指酒，言慧山酒可与下箬酒相比。

4　程乡：即程乡溪。在今湖南资兴市境。《水经注・耒水》：“（郴）县有渌水，出县东侠公山，西北流而南，屈注于耒，谓之程乡溪。郡置酒官，醖于山下，名曰程酒。”

5　故老：指诗题所说蒋翁。翁当居于惠山。

6　何水部：似指何胥。《南史・王暄传》载，王暄文才俊逸，饮酒无度。兄子秀常忧之，致书暄之友人何胥，希望他能劝诫王暄。暄闻之，写信给王秀说：“何水曹眼不识杯铛，吾口不离瓢杓。汝宁与何同日而醒，与吾同日而醉乎？”此何水部似用何水曹事，以指蒋翁，言其不会饮酒。拨醅：亦作“酦醅”，未经过滤的重酿酒。

# 饮康山草堂[1]

［清］

吴嘉纪

山堂木脱草芃芃[2]，客子登临思不穷。
塞马偏嘶南郭外，篱花只似故园中[3]。
樽开已见当头月，发短先惊落帽风[4]。
座上酒人交最古，悲歌何用吊康公[5]。

注释

1　吴嘉纪是泰州（江苏省泰州市）布衣，生活困苦。兵祸惨烈的年代，忠于朱明王朝，在文学史上被列为爱国遗民诗人。诗歌具有丰富的社会内容和强烈的家国兴亡感慨。这首饮酒诗对民族命运抒发了感慨。康山草堂：在江苏省扬州市江都区治东南的康山上。堂上有明代大书法家董其昌题“康山草堂”四字。是明康海与客宴饮弹琵琶处。

2　木脱：树木落叶。芃芃：草木丛杂的样子。《诗经·鄘风·载驰》：“我行其野，芃芃其麦。”

3　“塞马”二句：言南郭尽是清军的战马，篱花只似沦陷的故园。意含故国之思。其《赠歌者》一诗与此立意相同："战马悲笳秋飒然，边关调起绿樽前。一从此曲中原奏，老泪沾衣二十年！"

4　落帽风：用龙山落帽事。《晋书·孟嘉传》："（嘉）后为征西桓温参军，温甚重之。九月九日，温燕龙山，僚佐毕集，时佐吏并著戎服，有风至，吹嘉帽堕落，嘉不之觉。温使左右勿言，欲观其举止。嘉良久如厕，温令取还之，命孙盛作文嘲嘉，著嘉坐处。嘉还见，即答之，其文甚美，四坐嗟叹。"后登高宴饮常援引此典。

5　康公：指康海。康海字德涵，号对山、浒东渔父，陕西武功人。曾任翰林院修撰，武宗时宦官刘瑾被杀后，他名列瑾党而免官。常携声伎酣饮，制乐造歌曲，尤擅弹琵琶，自比俳优，以寄忧郁。是明代"前七子"之一。

| 延伸阅读 |

### 醉胜人醒

孔凯字思远，山阴人。骨鲠有风力，以是非为己任。历御史中丞，虽醉日居多而醒时判决未尝壅。众曰："孔公二十九日醉，胜世人二十九日醒也。"

# 秋暮与家兄礼吉叔子小饮有怀[1]

［清］

王士禛

萧瑟秋为气，凋零始欲愁[2]。
酒人方落魄，名士半离忧[3]。
桂树犹招隐，云旗未远游[4]。
吾曹如野鹤，偃蹇待浮丘[5]。

注释

1　王士禛字子真，一字贻上，号阮亭，又号渔洋山人，山东新城（今桓台县）人。顺治进士，官至刑部尚书。清代著名文学家。论诗主“神韵说”。这首借酒抒怀的诗，当是早年的作品。礼吉：王士禛哥哥王士禧的字。士禄、士禧、士祜、士禛四兄弟自幼便以诗相唱和。叔子：当是王士禛的同辈亲戚。

2　“萧瑟”二句：化用楚辞诗句抒发悲秋之情。宋玉《九辩》：“悲哉秋之为气也！萧瑟兮草木摇落而变衰。”

3　离忧：遭到忧患。意出屈原《离骚》。《史记·屈原列传》引刘安语："'离骚'者，犹'离忧'也。"汉班固《赞骚序》："离，遭也；骚，忧也。"

4　"桂树"句：典出《楚辞·招隐士》："攀援桂枝兮聊淹留。虎豹斗兮熊罴咆，禽兽骇兮亡其曹。王孙归来兮，山中不可以久留！""云旗"句：典出《楚辞·远游》："驾八龙之婉婉兮，载云旗之逶蛇。"两句化用楚辞，言自己尚未离家出仕。

5　"吾曹"二句：言希望有识者赏鉴我们的才干，如浮丘公之识野鹤。《唐书·艺文志》载，浮丘公有《相鹤经》一卷。偃蹇（yǎn jiǎn）：困顿的样子。

| 延伸阅读 |

## 酒可忘忧

顾荣字彦先，为齐王冏主簿。荣惧祸终日酣昏，后为中书侍郎不复饮。或曰："何前醉而后醒耶？"荣惧祸乃更饮荣尝谓友人张季鹰曰："惟酒可以忘忧。但无如作病何耳。"

# 沧州阻风谢别峰同年饷酒二首[1]

［清］

查慎行

## 其一

风程半日滞沧州[2]，客恨除非醉即休。

安得春江变春酒[3]，萨摩陂外水如油[4]。

## 其二

青旗夹岸酒家楼[5]，正坐囊空价莫酬[6]。

惭愧贫交分一斗，为余亲典黑貂裘[7]。

## 注释

1　查慎行字悔余，号初白，浙江海宁人。康熙时举人，赐进士出身，官编修。此诗作于康熙三十三年（1694），作者参加进士考试落第还乡的途中。沧州：北魏时分瀛州、冀州置，明清时治所在长芦，即今河北省沧州市。别峰：疑即姚士升。士升字别峰，桐城人。有异才，聪颖绝世。康熙中应京兆试获隽。以急友人之难，赴闽道卒。同年：科举制度中称同科考中的人。汉以同举孝廉为同年；唐以同举进士为同年；明清乡试、会试同榜登科者皆称同年。

2　“风程”句：言风大，水路受阻，留滞沧州。即题中所说“沧州阻风”。

3　“安得”句：化用李白《襄阳歌》：“此江若变作春酒，垒曲便筑糟丘台。”

4　萨摩陂：沧州水路交通发达，西有运河流过，萨摩陂当是一处水堤或浅滩。

5　青旗：酒旗。酒家所用的酒招子。也称酒望、望子、招子。宋洪迈《容斋随笔》“酒肆旗望”条载：“今都城与郡县酒务及凡鬻酒之肆，皆揭大帘于外，以青白布数幅为之，……唐人多咏于诗。然其制盖自古以然矣。”

6　囊空：钱袋空了。没钱。

7　黑貂裘：苏秦黑貂裘弊。见陆游《西村醉归》注 6。典裘，用李白以裘换酒典事。参见李白《将进酒》注 11。

# 谢院长惠西洋蒲桃酒[1]

［清］

查慎行

妙酿真传海外方，龙珠滴滴出天浆[2]。

醍醐灌顶知同味[3]，琥珀浮瓶得异香[4]。

直可三杯通大道[5]，谁教五斗博西凉[6]。

平生悔读无功记，误被村醪引醉乡[7]。

注释

1　查慎行此诗作于康熙四十九年（1710）。时作者官翰林院编修。这是本书惟一一首品外国酒的饮酒诗，可见当时西洋葡萄酒已作为贡品流入中国。院长：当指翰林院的掌院学士。通常由大学士担任，康熙时官秩为正三品。康熙四十九年（1710）的大学士有张玉书、陈廷敬、李光地、温达、萧永藻五人，谁为掌院学士未能详考。蒲桃酒：即葡萄酒。参见晋陆机《饮酒乐》注2。

2　龙珠：形容葡萄。天浆：指葡萄酒。

3　醍醐灌顶：以纯酥油浇到头顶上。佛家用来比喻以智慧灌输于人，使人彻悟。此写饮酒时清爽舒适的感觉。

4　琥珀浮瓶：瓶中酒液呈琥珀色。

5　“直可”句：语本李白《月下独酌》诗句“三杯通大道，一斗合自然”。

6　“五斗”句：言有酒应当自享，不必用来换官爵。《后汉书·张让传》注载，孟佗以一斗葡萄酒献张让，换得一个凉州刺史的官职。西凉：即凉州。晋为十六国之一，东晋时凉州李暠所建，自称凉公，都酒泉，史称西凉。

7　“平生”二句，言后悔沉醉于村酒中。无功：王绩字无功，初唐诗人，曾作《醉乡记》。即诗所谓“无功记”。记云：“阮嗣宗、陶渊明等十数人，并游于醉乡，没身不返，死葬其壤，中国以为酒仙云。”醉乡：即王绩《醉乡记》所说“醉乡”。

| 延伸阅读 |

病叶狂花

皇甫嵩字义真，以酒史自任。每对客饮辄行射覆法，谓不可不与饮者，为欢场之害马。或有勇于牛饮者，以巨觥沃之。既撼狂花，复雕病叶。饮流谓睚者为狂花，睡者为病叶。

# 同江皋饮吴山酒楼怀亡友石贞石[1]

［清］

厉　鹗

春风劝客倒鸡缸[2]，楼子临湖正背江[3]。
翠潋时时摇远树，晴岚故故入西窗[4]。
二豪醉后知何物[5]，此士尘中信少双[6]。
石仲容今呼不起，与君狂语倩谁降[7]。

注释

1　厉鹗字太鸿，吴樊榭，浙江钱塘（今杭州）人，康熙时举人。这首诗即康熙十年（1671）在家乡所作。江皋：即陈皋。字江皋，作者的同乡好友。吴山：亦名胥山，上有子胥祠。在浙江杭州市西南，左带大江，右瞰西湖。山多城隍庙，俗呼城隍山。石贞石：石文，字贞石，上虞（在今浙江省绍兴市上虞区）人。厉鹗的好友，康熙七年（1668）卒。厉鹗有《过云居寺伤贞石下世》诗曰："昔游同礼塔，今望各沾衣。一病惊才尽，三生向佛归。伤心阶草合，行迹尚依稀。”

2 鸡缸：明清时流行的一种精制酒杯。出于成窑，一说出于宣窑，上画花草，下有子母鸡、斗鸡等图案。

3 “楼子”句：言酒楼位置濒临西湖，背靠钱塘江。

4 “翠潋（liàn）”二句：写湖山景色。翠潋：西湖的碧波。晴岚：吴山诸峰峦。故故：常常。杜甫《月》：“时时开暗室，故故满青天。”

5 二豪：指自己与同饮的陈江皋。

6 “此士”句：赞贞石为人，举世无双。

7 石仲容：指石贞石。二句言石贞石死后，无人再能挫败自己与江皋的谈锋。仲容，借晋人石苞为喻。据《晋书》本传，石苞字仲容，雅旷有智局，时人为之语曰：“石仲容，姣无双。”

| 延伸阅读 |

### 一斗逍遥

韦琼字敬远，雅性恬澹，以酒自怡。周文帝时，前后十见征辟不就，敕有司日给河东酒一斗，赐号“逍遥公”。

# 咂嘛酒歌[1]

［清］

杨守知

杨花吹雪满地铺，杏花一片红模糊。
榆钱簸风风力软，芳林处处闻啼鸪。
青旗斜漾茅屋低[2]，天然好景谁临摹。
我留此地一事无，太平之世为羁孤[3]，
东邻西舍相招呼。
般兄张丈兴俱动[4]，醵钱买醉黄公垆[5]。
麦缸鹅黄新酿熟[6]，味醇气郁过醍醐[7]。
彭亨翠瓻如鹑觚[8]，细管尺五裁霜芦[9]。
低头吸同渴羌饮[10]，一口欲尽鸳鸯湖[11]。
白波倒卷东海沸，渴虹下注西江枯。
碧筩不用弯象鼻[12]，龙头屡泻蛟盘珠[13]。
须臾瓶罄罍亦耻[14]，春意盎盎浮肌肤。
刘伶大笑阮籍哭[15]，直欲跃入壶公壶[16]。

吾皇圣德蠲逋租[17]，吏胥不扰民欢娱。
今年更觉酒味好，百钱一斗应须沽。
盲娼丑似东家嫫[18]，琵琶筝阮声调粗[19]。
有时呼来弹一曲，和汝拊缶歌乌乌[20]。
青天作幕地为席，醉倒不用旁人扶。
乐哉边氓生计足，白羊孳乳驴将驹[21]。
卖刀买犊劝耕锄[22]，女无远嫁男不奴。
含哺鼓腹忘帝力[23]，岁岁里社如赐酺。
安得龙眠白描手[24]，画作击壤尧民图[25]。

注释

1　咂嘛酒：又称咂酒，是我国一些边远地区节日饮用的自酿酒。用玉米、青稞、小麦、高粱、小米、糯米、稗等一两种或多种，加曲酿在坛子中。酒度不高，饮用时以芦管或竹管插入坛中吮吸，因此又名芦酒。杜甫《送从弟亚赴河西判官》诗中即有“黄羊饫不膻，芦酒多还醉”的诗句。今天，我国四川省一些地区的羌族同胞、贵州等地的苗族同胞在生丧嫁娶和重大节日里仍有饮咂嘛酒的风习。杨守知浙江海盐人，康熙年进士，官榆林（陕西省榆林市）知府。此诗当在任时所作。

2　青旗：酒旗。见查慎行《沧州阻风谢别峰同年饷酒二首》注 5。

3　羁孤：孤单一人旅游在外。

4　殷兄张丈：大约是诗人的二位同行者。

5　醵（jù）：合钱买酒。黄公垆：姓黄的人开的酒店。用晋人典事。据《世说新语・伤逝》载，王戎常与嵇康、阮籍在黄公酒垆饮酒。此代以泛指酒垆。垆，酒垆、唐皮日休《酒垆》诗曰："红垆高几尺，颇称幽人意。火作缥醪香，灰为冬醯气。有枪尽龙头，有主皆犊鼻。"

6　鹅黄：指鹅黄色的酒。

7　醍醐：牛奶中提炼出来的纯酥油。

8　彭亨：胀满。东魏高湛《养生论》："寻常饮食，每令得所。多餐令人彭亨短气，或致暴疾。"翠瓬（wǔ）：带绿釉的瓦制酒器，状如加盖的坛子。觚（gū）：古代酒器。长身，口部、底部皆外展成喇叭状，盛行于商周时代。此处写咂嘛酒盛于各式坛中。

9　"细管"句：言裁芦管以饮酒。

10　渴羌饮：用姚馥典故。《拾遗记》载，晋有羌人姚馥充厩圉。每醉中尝曰："九河之水不足以渍曲蘖，八薮之木不足以为蒸薪，七泽之麋不足以充庖俎。"但言渴于酒。群辈呼为"渴羌"。后武帝授其为酒泉太守。

11　鸳鸯湖：《清诗别裁》此诗句下注曰："榆林水名。"

12　"碧筩"句：用郑公悫典故。宋张表臣《珊瑚钩诗话》载：

历城北有使君林，魏正始中郑公悫三伏避暑于此。取大莲叶置砚格上，盛酒三升，以簪刺叶，令酒与柄通，屈茎轮菌如象鼻焉。持吸之，香气清冽，名曰“碧筒酒”。筩（tǒng）：竹筒。与“筒”通。苏东坡在杭州时也常作此饮，有诗曰：“碧筒时作象鼻弯，白酒疑带荷心苦。”诗句言饮咂嘛酒与饮碧筒酒方法相类，但吸管是直的。

13　龙头屡泻：咂嘛酒可边饮边兑水，此龙头所泻的不知是酒还是水。蛟盘珠：写所泻酒液（或水）在坛中激荡的状态。

14　须臾：不一会儿。瓶罄罍耻：言将坛中、杯中的酒都喝光了。罄（qìng）：器皿已空；耻，当与“罄”同义。《诗经·蓼莪》“维瓶之罄矣，维罍之耻。”

15　刘伶：魏晋之际“竹林七贤”中人物，以好饮酒著称。据《世说新语·任诞》载，刘伶妻子劝他戒酒，他表示愿在鬼神面前立誓，妻子将酒肉供于神前，他跪而祝曰：“天生刘伶，以酒为名，一饮一斛，五斗解酲。妇人之言，慎不可听。”誓罢饮酒吃肉，颓然而醉。他事参见李白《襄阳歌》注 12。阮籍：“竹林七贤”之一。性好酒。据《晋书·阮籍传》载，时处魏晋之际，天下动乱，“名士少有全者，籍由是不与世事，遂酣饮为常”。司马氏曾想与他通婚，他不想与司马氏结亲，又不敢得罪，便大醉六十日，使议婚之事作罢。本传又载：“时率意独驾，不由径路，车迹所穷，辄恸哭而返。”这句以刘伶、阮籍自比，写他们一行人的醉态。

16　壶公壶：壶公的壶。《云笈七签》载：“夫子弟子施存遇张申，申为云台治官，常悬一壶，如五升器大，变化为天地，中有日月，如世间，夜宿其内，自号‘壶天’，人谓曰‘壶公’。”晋葛洪《神仙传·壶公》载：汉费长房随壶公进入一壶中，见壶中有“仙宫世界，旨酒佳肴”。

17 吾皇：指康熙皇帝爱新觉罗玄烨。蠲（juān）：通“捐”，免除。逋租：拖欠的租税。

18 盲娼：卖唱的瞎眼伎人。嫫：嫫母，丑女，相传是黄帝时人。

19 琵琶筝阮：三种弦乐器。阮，亦名阮咸，相传西晋阮咸善弹此乐器，因而得名。四弦有柱，是古琵琶之一种。

20 拊缶（fǔ fǒu）：击缶。古时敲击缶多是为了和乐曲的拍节。缶，盛水或酒的瓦器，古也用作乐器。这里说的是敲打哑嘛酒坛。歌乌乌：语出《汉书·杨恽传》：杨恽报友人孙会宗书：“酒后耳热，仰天拊缶，而呼乌乌。”

21 孳：孳生。将：带。“乐哉”二句写边区的富庶景象。

22 “卖刀”句：用卖刀买牛典故。见陆游《醉歌》注 8。

23 帝力：天帝之力。

24 龙眠白描手：宋舒州人李公麟字伯时，晚居龙眠山，因号龙眠居士。擅长书画，尤工山水人物。除临摹古画用绢素着色外，其余多不设色，纯用白描手法，称为宋画第一。

25 击壤尧民图：相传尧时，有老人击壤而歌曰：“日出而作，日入而息，凿井而饮，耕田而食，帝何力于我哉？”后成为歌颂太平盛世的典故。沈德潜《清诗别裁》评此诗曰：“风土诗，传出太平无事景象，乃不徒作。”

# 秦淮水阁醉题[1]

［清］

马朴臣

一杯清酌独婆娑，笑倚朱栏对碧波。
月影分明三李白，水光荡漾百东坡[2]。
愁来天外鹰飞远，秋到人间客占多[3]。
我自胸中有忧乐，阿谁吹笛夜深歌。

注释

1　秦淮水阁：秦淮河畔的楼阁。秦淮河，长江下游支流，在江苏省西南部。东源出句容县大茅山，南源出溧水县东芦山，在秣陵关附近汇合北流，经南京市区，西入长江。

2　“月影”二句：以李白、苏轼（号东坡）自喻，造句巧妙。三李白：化用李白《月下独酌》“举杯邀明月，对影成三人。”百东坡：言水光荡漾而人影参差。苏轼《泛颍》诗：“画船俯明镜，笑问汝为谁。忽然生鳞甲，乱我须与眉。散为百东坡，顷刻复在兹。”

3　“秋到”句：意思说，秋季草木摇落，最易使人感到悲凉，而客居在外的游子对秋之摇落，感受尤为深切。马朴臣是桐城人，故在秦淮称“客”。

| 延伸阅读 |

云溪醉侯

种放字明逸，至性嗜酒，自号云“溪醉侯”。尝种术自酿曰：“空山清寂，聊以养和。”

# 再过淮上晴岚留饮荻庄即事[1]

［清］

赵 翼

潦后重来访荻庄[2]，西风踏叶遍篱墙。
行厨酒屡斟重碧[3]，留壁诗犹挂硬黄[4]。
家幸未沉河伯妇，人传已作水仙王[5]。
衰年何意频相见[6]，把臂宁辞放老狂[7]。

注释

1　赵翼字云崧，号瓯北，江苏阳湖（今常州市）人。乾隆进士，官至贵西兵备道。旋辞官家居，专事讲学与著述。乾隆五十一年（1786），作者六十岁，辞扬州讲席归里，途经淮水之时，写下这首诗。晴岚：即程沆。诗人的好友，大约居淮阳一带。《瓯北集》中与程晴岚唱和之诗很多。庚子年（1780）有《程晴岚太史招饮荻庄即事》，后一年又有《归舟过淮晤程晴岚留别》，诗曰：“赴官羞问野鸥亭，归路相寻此暂停。

兴尽回舟偏访友，功深闭户正穷经。故人见面多垂白，名士成书未杀青。临别更烦坚后约，秋风并舫泊西泠。”荻庄：程沆的庄园。

2　潦：雨后横流的野水。潦后，指水灾之后。《清史稿·高宗本纪》载，乾隆五十一年（1786）夏末“安徽、五河等十七州县并凤阳等五卫”发生水灾。

3　重碧：指深碧色的酒。

4　硬黄：一种经过涂蜡的纸。多用以临帖。明李日华《紫桃轩杂缀》载，硬黄者，嫌纸性终带暗涩。置之热熨斗上，以黄蜡涂匀。纸虽稍硬，而莹彻透明。如世所谓鱼枕明角之类。以蒙物，无不纤毫毕现者。大都施之魏晋钟、索、右军诸迹。苏轼《次韵秦观秀才见赠》：“新诗说尽万物情，硬黄小字临黄庭。”

5　“家幸”二句：言水灾中程沆家人未受害而讹传其溺水。诗句下自注曰：“淮右大水，多讹传之信。”河伯妇：戏用河伯娶妇故事。战国时魏国西门豹任邺县令，邺地三老、廷掾勾结女巫，赋敛百姓财物，每年择民家女子沉入漳河。谓为河伯娶妇。西门豹称所选河伯妇不好，命大巫妪并弟子三人及三老入河报告，另择好女子发送。其余人吓得叩头流血不敢复言为河伯娶妇事（见《史记·滑稽列传》）。

6　频相见：屡屡相会。

7　把臂：握人手臂，表示亲密。宁辞放老狂：犹言怎能不表现出老年的狂态。

# 二十三夜偕稚存广心杏庄饮大醉作歌[1]

［清］

黄景仁

安得长江变春酒[2]，使我生死相依之。
不然亦遣青天作平地，醉踏不用长鲸骑[3]。
夜梦仙人手提绿玉杖[4]，
招我饮我流霞卮[5]。
一挥堕醒在枕席[6]，神清骨轻气作丝。
日来不免走地上，龌龊俯仰同羁雌[7]。
寒阴噤户不能出[8]，幸有数子来招携。
迅猋塍我沙拍面[9]，此际烂醉真相宜。
旗亭哄饮酉达子[10]，万斛泻尽红玻璃[11]。
孟公肯顾尚书约[12]，李白笑杀襄阳儿[13]。
出门霜华被四野，步入黑樾随高低[14]。
须臾荒荒上残月[15]，照见怪木啼饥鸱[16]。

徘徊坐卧北邙地[17]，欲觅鬼唱秋坟诗[18]。

东方渐白寺钟响，远林一发高天垂。

下穷重泉上碧落[19]，人间此乐谁当知？

此时独立忽大笑，正似梦里一吸琼浆时。

## 注释

1　黄景仁字仲则，江苏武进人。是北宋大诗人黄庭坚的后裔。他孤傲不群，一生落魄，只是秀才，晚年捐了个县丞，未待授官而卒。一生只活了三十四岁。他诗学李白，风格流宕潇洒。这首诗当是乾隆三十五年（1770）秋冬之际应江宁（今南京）省试后所作。稚存：洪亮吉，字稚存，阳湖（在江苏省常州市武进区东五十里）人。乾隆庚戌年（1790）进士及第，官翰林院编修。黄景仁作此诗时，他与黄一同参加江宁省试，两人均名落孙山。广心：马鸿运，字广心，武进诸生。杏庄：左辅，字维衎，号杏庄，阳湖人。乾隆癸丑年（1793）进士，官至湖南巡抚。

2　“安得”句：化用李白《襄阳歌》：“此江若变作春酒，垒曲便筑糟丘台。”

3　长鲸骑：相传李白之死是在采石矶乘醉入水捉月，骑鲸仙去。陆游《八十四吟》：“饮敌骑鲸客，行追缩地仙。”

4　绿玉杖：玉制的拐杖，指仙杖。语本李白《庐山谣寄卢侍御虚舟》：“手持绿玉杖，朝别黄鹤楼。”

5　流霞：仙酒。参见北周庾信《卫王赠桑落酒奉答》注 3。流霞卮，酒杯。语出李白《游太山六首》其一：“玉女四五人，飘飖下九垓。含笑引素手，遗我流霞杯。”

6　“一挥”句：化用李白《梦游天姥吟留别》：“忽魂悸以魄动，恍惊起而长嗟。惟觉时之枕席，失向来之烟霞。”

7　“日来”二句：言不能免俗，还是在追求功名利禄。羁雌：失群无伴的雌鸟。

8　噤户：闭户。

9　迅猋（biāo）：刮得很猛的大风。猋，通“飙”，暴风。媵（yìng）：送。

10　旗亭：酒楼。唐李贺《开愁歌》：“旗亭下马解秋衣，请贳宜阳一壶酒。”酉达子：从酉时到子时，即从下午到半夜以后。酉、子，以地支计时，参见杜甫《遭田父泥饮美严中丞》注 11。这句言饮酒时间之长。

11　红玻璃：指红色透明的酒液。

12　“孟公”句：用汉陈遵典。《汉书·陈遵传》载，陈遵字孟公，每大饮宾客，“辄关门，取客车辖投井中，虽有急，终不得去。尝有部刺史奏事，过遵，值其方饮，刺史大穷，候遵沾醉时，突入见遵母，叩头自白当对尚书有期会状，母乃令从（后）阁出去。”李白《扶风豪士歌》：“作人不倚将军势，饮酒岂顾尚书期。”肯，怎肯。

13　“李白”句：化用李白《襄阳歌》：“襄阳小儿齐拍手，拦街争唱白铜鞮。傍人借问笑何事，笑杀山翁醉似泥。”

14　樾（yuè 月）：两木交聚而成的树荫。此指夜幕、夜色。

15　荒荒：暗淡无际的样子。杜甫《漫成》：“野日荒荒白，春流泯泯清。”

16　鸱（chī）：鸱鸮（xiāo），猫头鹰一类的鸟。

17　北邙：一作“北芒”，山名。在今河南洛阳市东北。因汉魏以来王侯公卿贵族多葬于此，后以此泛称墓地。晋陶渊明《拟古》：“一旦百岁后，相与还北邙。”

18　鬼唱秋坟诗：化用唐李贺《秋来》：“秋坟鬼唱鲍家诗，恨血千年土中碧。”

19　“下穷”句：化用白居易《长恨歌》：“上穷碧落下黄泉，两处茫茫皆不见。”重泉，指地下。碧落，指天上。

| 延伸阅读 |

### 爱仆射宜勿饮

北齐李元忠，以太常多美酒，自中书令求为太常卿。神武欲用为仆射，文襄公言其放达嗜酒。其子搔闻之，请节饮。元忠曰：“我言作仆射不胜饮酒乐耳，汝爱仆射宜勿饮。”故人孙腾、司马子如尝共诣元忠。元忠方坐树下拥被对壶，庭室芜旷，使婢卷两褥以质酒。徐谓二人曰：“不意今日披藜藿也。”

# 夜　饮[1]

［清］

黄遵宪

长风吹月过江来，照我华堂在手杯。
莫管阴晴圆缺事，尽欢三万六千回[2]。
胸中五岳撑空起[3]，眼底浮云一扫开。
玉管铜丝兼铁板[4]，与君扶醉上高台。

注释

1　黄遵宪字公度，广东嘉应（今梅州市）人。倡导诗歌改革，是近代诗歌史上著名诗人。他三十岁随何如璋出使日本，任使馆参赞；三十五岁调任美国旧金山总领事；三十八岁解任回国，用两年时间写成《日本国志》。这首诗即是在家著书期间所作(1885—1887)。特殊的生活经历，使他的诗境界廓大，气势恢宏，颇具特色。正如他在《人境庐诗草自序》中所说："不名一格，不专一体，要不失乎为我之诗。诚如是，未必遽跻古人，其亦足以自立矣。"

2　"莫管"二句：句式由杜甫《绝句漫兴九首》"莫思身外

无穷事，且尽生前有限杯”化出。阴晴圆缺：苏轼《水调歌头》：“人有悲欢离合，月有阴晴圆缺。”三万六千回：化用李白《襄阳歌》：“百年三万六千日，一日须倾三百杯。”

3 “胸中”句：写饮酒时的豪兴。化用李白《望鹦鹉洲怀祢衡》：“五岳起方寸，隐然岂可平。”

4 “玉管”句：指不同音色风格的乐器。铜丝、铁板：宋俞文豹《吹剑录外集》：“东坡（苏轼）在玉堂日，有幕士善歌。因问：‘我词何如柳七（永）？’对曰：‘柳郎中词，只合十七八女郎，执红牙板，歌“杨柳岸晓风残月”，学士词须关西大汉，铜琵琶、铁绰板唱“大江东去”。’东坡为之绝倒。”

|延伸阅读|

### 西昌逸士

五代时，郎咏隐西昌，采樵为业。或担人郡市，遇人买则曰：“我西昌逸士，酒中人也；我献公所缺，公当惠我所无。”

# 闰月饮集钟山送文芸阁学士廷式假归兼怀陈伯严吏部三立[1]

［清］

黄遵宪

泼海红霞照我杯[2]，江山如此故雄哉！
马蹄蹴踏西江水[3]，相约扶桑濯足来[4]。

注释

1　这首诗作于光绪二十一年（1895）。时两江总督张之洞将黄遵宪由新加坡总领事任上调回国，命他主持洋务局。诗人开始投身于维新变法的运动中。闰月：指闰五月。钟山：一名紫金山，在江苏省南京市。文芸阁：文廷式，字云阁，号道希，江西萍乡人。光绪十六年（1890）进士，官翰林院编修，迁侍读学士。假归：假满还朝。诗人作此诗之前，文廷式曾乞假回乡修墓。陈伯严：陈三立字伯严，光绪十五年（1889）进士，官吏部主事。

2　泼海红霞：写海上霞光。黄景仁《笥河先生偕宴太白楼醉中作歌》："红霞一片海上来，照我楼上华筵开。"

3　西江：水名，在江西。《清一统志》："西江导源大庾县之聂都山，与贡水会而为赣。"亦可泛指水大之处。《庄子·外物》："我且南游吴越之王，激西江之水而迎子，可乎？"

4　"相约"句：言拟涉足东瀛。黄遵宪《将之日本题半身写真寄诸友》："如此头颅如此腹，此行万里亦奇哉！诸公未见靴尖趯，待我扶桑濯足来。"扶桑：《梁书·扶桑国传》："扶桑在大汉国东二万余里，地在中国之东，其土多扶桑木，故以为名。"所言方向、位置约相当于日本，故后来沿用为日本的代称。此处或可理解为指东海。

| 延伸阅读 |

### 废戒墓前自杖

庾衮字叔褒，父在时常戒其酒。后每醉辄自责曰："余废先人之戒，何以为人。"乃于墓前自杖三十。

# 对　酒[1]

［清］

秋　瑾

不惜千金买宝刀，貂裘换酒也堪豪[2]。

一腔热血勤珍重，洒去犹能化碧涛[3]。

注释

1　秋瑾字璿卿，号竞雄，别署鉴湖女侠，浙江山阴（今绍兴市）人。是一位颇有丈夫英气的女性，近代民主革命烈士。她于光绪三十年（1904）赴日本留学，积极参加留日学生的革命活动，并于次年先后加入光复会和同盟会，1906年回国。据吴芝瑛《秋女侠遗事》说，秋瑾在日本留学时曾购宝刀一把。这首诗大约即写于购刀之时。诗无丝毫脂粉气，放在男性作品中亦堪称豪雄之作。

2　貂裘换酒：见李白《将进酒》注11。

3　“一腔”二句：言她非常珍惜自己的满腔革命热情，并愿将一腔热血献给革命。碧涛：《庄子·外物》“苌弘死于蜀，藏其血，三年化而为碧。”苌弘是周朝忠臣，遭陷害而自杀。后常以“碧血”指忠臣志士为正义目标而流的血。涛，暗用胥涛典。传说春秋时伍子胥为吴王夫差所杀，尸投浙江，成为涛神。后以胥涛喻浩然正气之不可灭。

| 延伸阅读 |

饮人狂药

长水校尉孙季舒，尝与石崇酣燕。傲慢过度，崇欲表免之。裴楷闻之谓崇曰："足下饮人狂药，责人正礼，不亦乖乎？"

——《楷传》